本書根據廣東省立中山圖書館藏嘉慶十三年（1808）刻本影印

文翰樵
西樵歷史文化文獻叢書

碧霞書屋詩鈔

（清）梁昌聖 著

广西师范大学出版社
GUANGXI NORMAL UNIVERSITY PRESS
·桂林·

碧霞書屋詩鈔
BIXIA SHUWU SHICHAO

圖書在版編目（CIP）數據

碧霞書屋詩鈔 / (清) 梁昌聖著. —桂林：廣西師範大學出版社，2018.5
（西樵歷史文化文獻叢書）
ISBN 978-7-5598-0928-5

Ⅰ. ①碧… Ⅱ. ①梁… Ⅲ. ①古典詩歌－詩集－中國－清代 Ⅳ. ①I222.749

中國版本圖書館 CIP 數據核字（2018）第 111830 號

廣西師範大學出版社出版發行
（廣西桂林市五里店路 9 號　郵政編碼：541004
網址：http://www.bbtpress.com）
出版人：張藝兵
全國新華書店經銷
廣西民族印刷包裝集團有限公司印刷
（南寧市高新區高新三路 1 號　郵政編碼：530007）
開本：890 mm × 1 240 mm　1/32
印張：8.625　　字數：58 千字
2018 年 5 月第 1 版　　2018 年 5 月第 1 次印刷
定價：38.00 元

《西樵歷史文化文獻叢書》編輯委員會

叢書總序

温春來　梁耀斌

呈現在讀者面前的，是一套圍繞佛山市南海區西樵鎮編修的叢書。爲一個鎮編一套叢書並不出奇，但爲一個鎮編撰一套多達兩三百種圖書的叢書可能就比較罕見了。編者的想法其實挺簡單，就是要全面整理西樵鎮的歷史文化資源，探索一條發掘地方歷史文化資源的有效途徑。最後編成一套規模巨大的叢書，僅僅因爲非如此不足以呈現西樵鎮深厚而複雜的文化底藴。叢書編者秉持現代學術理念，並非好大喜功之輩。僅僅爲確定叢書框架與大致書目，編委會就組織七八人，研讀各個版本之西樵方志，通過各種途徑檢索全國各大公藏機構之古籍書目，並多次深入西樵鎮各村開展田野調查，總計歷時六月餘之久。隨着調研的深入，編委會益發感覺到面對着的是一片浩瀚無涯的知識與思想的海洋，於是經過反復討論、磋商，決定根據西樵的實際情況，編修一套有品位、有深度、能在當代樹立典範並能夠傳諸後世的大型叢書。

天下之西樵

明嘉靖初年，浙江著名學者方豪在《西樵書院記》中感慨：『西樵者，天下之西樵，非嶺南之西樵也。』① 此話係因當時著名理學家、一代名臣方獻夫而發，有其特定的語境，但卻在無意之間精當地揭示了西樵在整個中華文明與中國歷史進程中的意義。

西樵鎮位於珠江三角洲腹地的佛山市南海區西南部，北距省城廣州 40 多公里，以境内之西樵山而得名。西樵山由第三紀古火山噴發而成，山峰石色絢爛如錦。相傳廣州人前往東南羅浮山采樵，謂之東樵，往西面錦石山采樵，謂之西樵，『南粤名山數二樵』之説長期流傳，在廣西俗語中也有『桂林家家曉，廣東數二樵』之句。珠江三角洲平野數百里，西樵山拔地而起於西江、北江之間，面積約 14 平方公里，中央主峰大科峰海拔 340 餘米。據説過去大科峰上有觀日臺，雞鳴登臨可觀日出，夜間可看到羊城燈火。如今登上大科峰，一覽山下魚塘河涌縱横，闤闠閭閻錯落相間，西、北兩江左右爲帶。②

西樵山幽深秀麗，是廣東著名風景區。然而更值得我們注意的，是以她爲核心的一塊僅有 100 多平方公里的土地，在中國歷史的長時段中，不斷産生出具有標志性意義的文化財富以及能夠成爲某個時代標籤的歷史人物。珠江三角洲是一個發育於海灣内的複合三角洲，其發育包括圍田平原和沙田平原的先後形成過程。西樵山見證了這一過程，並且在這一片廣闊區域的文明起源與演變的歷史中扮演着重要角色。作爲多次噴發後熄滅的古火山丘，組成西樵山山體的岩石種類多樣，其中有華南地區並不多見的霏細岩與燧石，這兩種岩石因石質堅硬等原因，成爲古人類製作石器的理想材料。大約 6000 年前，當今天的珠江三角洲還是洲潭遍佈、一片汪洋的時候，這一片地域的史前人類，就不約而同地彙集到優質石料蘊藏豐富的西樵山，尋找製造生産工具的原料，留下了大量打製、磨製的雙肩石器和大批有人工打擊痕跡的石片。在著名考古學家賈蘭坡

① 方豪：《棠陵文集》（收入《四庫全書存目叢書》集部第 64 册），卷 3，《記・西樵書院記》。
② 參見曾騏《珠江文明的燈塔——南海西樵山考古遺址》，廣州：中山大學出版社，1995 年。

先生看來，當時的西樵山是我國南方最大規模的採石場和新石器製造基地，北方只有山西鵝毛口能與之比肩，因此把它們並列爲中國新石器時代南北兩大石器製造場①，並率先提出了考古學意義上的『西樵山文化』②。以霏細岩雙肩石器爲代表的西樵山石器製造品在珠三角的廣泛分佈，意味着該地區『出現了社會分工與產品交换』③，這些凝聚着人類早期智慧的工具，指引了嶺南農業文明時代的到來，所以有學者將西樵山形象地比喻爲『珠江文明的燈塔』④。除珠江三角洲外，以霏細岩爲原料的西樵山雙肩石器，還廣泛發現於粵西、廣西及東南亞半島的新石器至青銅時期遺址，顯示出瀕臨大海的西樵古遺址，不但是新石器時代南中國文明的一個象徵，而且其影響與意義還可以放到東南亞文明的範圍中去理解。

不過，文字所載的西樵歷史並没有考古文化那麼久遠。儘管在當地人的歷史記憶中，南越王趙佗陪同漢朝使臣陸賈游山、唐末曹松推廣種茶、南漢開國皇帝之兄劉隱宴遊是很重要的事件，但在留存於世的文獻系統中，西樵作爲重要的書寫對象出現要晚至明代中葉，這與珠江三角洲在經濟、文化上的崛起是一脈相承的。當時，著名理學家湛若水、霍韜以及西樵人方獻夫等在西樵山分别建立了書院，長期在此讀書、講學，他們的許多思想產生或闡釋於西樵的山水之間，例如湛若水在西樵設教，門人記其所言，是爲《樵語》。方獻夫在《西樵遺稿》中談到了他與湛、霍二人在西樵切磋學問的情景：『三（書）院鼎峙，予三人常來往，講學其

① 賈蘭坡、尤玉柱：《山西懷仁鵝毛口石器製造場遺址》，《考古學報》，1973 年第 2 期。
② 賈蘭坡：《廣東地區古人類學及考古學研究的未來希望》，《理論與實踐》，1960 年第 3 期。
③ 楊式挺：《試論西樵山文化》，《考古學報》，1985 年第 1 期。
④ 曾騏：《珠江文明的燈塔——南海西樵山考古遺址》，第 30—42 頁。

間，藏修十餘年。』① 王陽明對三人的論學非常期許，希望他們珍惜機會，時時相聚，爲後世儒林留下千古佳話，他致信湛若水時稱：『叔賢（即方獻夫）志節遠出流俗，渭先（即霍韜）雖未久處，一見知爲忠信之士，乃聞不時一相見，何耶？英賢之生，何幸同時共地，又可虚度光陰，容易失卻此大機會，是使後人而復惜後人也！』② 西樵山與作爲明代思想與學術主流的理學之關係，意味着她已成爲一座具有全國性意義的人文名山，這正是方豪『天下之西樵』的涵義。清人劉子秀亦云：『當湛子講席，五方問業雲集，山中大科之名，幾與嶽麓、白鹿鼎峙，故西樵遂稱道學之山。』③ 方豪同時還稱：『西樵者，非天下之西樵，天下後世之西樵也。』一語道出了人文西樵所具有的長久生命力。這一點方豪也没有説錯，除上述幾位理學家外，從明中葉迄今，還有衆多知名學者與文章大家，諸如陳白沙、李孔修、龐嵩、何維柏、戚繼光、郭棐、葉春及、李待問、屈大均、袁枚、李調元、温汝適、朱次琦、康有爲、丘逢甲、郭沫若、董必武、秦牧、賀敬之、趙樸初等等，留下了吟詠西樵山的詩、文，今天我們走進西樵山，還可發現140多處摩崖石刻，主要分佈在翠岩、九龍岩、金鼠塱、白雲洞等處。與西樵成爲嶺南人文的景觀象徵相應的是山志編修。嘉靖年間，湛若水弟子周學心編纂了最早的《西樵山志》，萬曆年間，霍韜從孫霍尚守以周氏《樵志》『誇誕失實』之故而再修《西樵山志》，清初羅國器又加以重修，這三部方志已佚失，我們今天能看到的是乾隆初年西樵人士馬符録留下的志書。除山志外，直接以西樵山爲主題的書籍尚有成書於清乾隆年間的《西樵遊覽記》、道光年間的《西樵白雲洞志》、光緒年間的《紀遊西樵山記》等。

① 方獻夫：《西樵遺稿》，康熙三十五年（1696）方林鶴重刊本，卷6，《石泉書院記》。

② 王陽明：《王文成全書》，四庫本，卷4，《文録・書一・答甘泉二》。

③ 劉子秀：《西樵遊覽記》，道光十三年（1833）補刊本，卷2，《圖説》。

晚清以降，西樵山及其周邊地區（主要是今天西樵鎮範圍）產生了一批在思想、藝術、實業、學術、武術等方面走在中國最前沿的人物，成爲中國走向近代的一個縮影。維新變法領袖康有爲、一代武術宗師黄飛鴻、民族工業先驅陳啟沅、『中國近代工程之父』詹天佑、清末出洋考察五大臣之一的戴鴻慈、『嶺南第一才女』冼玉清、粵劇大師任劍輝等西樵鄉賢，都成爲具有標志性或象徵性的歷史人物。

事實上，明代諸理學家講學時期的西樵山，已非與世隔絶的修身之地，而是與整個珠江三角洲的開發聯繫在一起的。西樵鎮地處西、北江航道流經地域，是典型的嶺南水鄉，境内河網交錯，河涌多達 19 條，總長度 120 多公里，將鎮内各村聯成一片，並可外達佛山、廣州等地。① 傳統時期，西樵的許多墟市，正是在這些水邊興起的。今鎮政府所在地官山，在正德、嘉靖年間已發展成爲觀（官）山市，是爲西樵有據可查的第一個墟市。據統計，明清時期，全境共有墟市 78 個。② 西樵山上的石材、茶葉可通過水路和墟市，滿足遠近各方的需求。一直到晚清之前，茶業在西樵都堪稱舉足輕重，清人稱『樵茶甲南海，山民以茶爲業，鬻茶而舉火者萬家』③。當年山上主要的採石地點，後由於地下水浸漫而放棄的石燕岩洞，因生産遺跡完整且水陸結合而受到考古學界重視，成爲繼原始石器製造場之後的又一重大考古遺址。

水網縱横的環境使得珠江三角洲堤圍遍佈，西樵山剛好地處横跨南海、順德兩地的著名大型堤圍——桑園圍中，而且是桑園圍形成的地理基礎之一。歷史時期，西、北江的沙泥沿着西樵山和龍江山、錦屏山等海灣中島嶼或丘陵臺地旁邊逐漸沉積下來。宋代珠江三角洲沖積加快，人們開始零零星星地修築一些『秋欄基』

① 《南海市西樵山旅遊度假區志》，廣州：廣東人民出版社，2009 年，第 188—192 頁。
② 《南海市西樵山旅遊度假區志》，第 393 頁。
③ 劉子秀：《西樵遊覽記》，卷 10，《名賢》。

以阻擋潮水對田地的浸泛，這就是桑園圍修築的起因。① 明清時期在桑園圍內發展起了著名的果基、桑基魚塘，使這裡成爲珠江三角洲最爲繁庶之地。不難想象僅僅在幾十年前，西樵山還是被簇擁在一望無涯的桑林魚塘間的景象。如今桑林雖已大都變爲菜地、道路和樓房，但從西樵山山南路下山，走到半山腰放眼望去，尚可看見數萬畝連片的魚塘，這片魚塘現已被評爲聯合國教科文組織保護單位，是珠三角地區面積最大、保護最好、最爲完整的（桑基）魚塘之一。

桑基魚塘在明清時期達於鼎盛，成爲珠三角經濟崛起的一個重要標志，與此相伴生的，是另一個重要産業——繅絲與紡織的興盛。聯繫到這段歷史，由西樵人陳啟沅在自己的家鄉來建立中國第一家近代機器繅絲廠就在情理之中了。開廠之初，陳啟沅招聘的工人，大都來自今西樵鎮的簡村與吉水村一帶，而陳啟沅本人，也深深介入到了西樵的地方事務之中。② 從這個層面上看，把西樵視爲近代民族工業的起源地或許並非溢美之辭。但傳統繅絲的從業者數量仍然龐大，據光緒年間南海知縣徐賡陛的描述，當時西樵一帶以紡織爲業的機工有三四萬人。③ 作爲産生了黄飛鴻這樣深具符號性意義的南拳名家的西樵，武術風氣濃厚，機工們大都習武，並且圍繞錦綸堂組織起來，形成了令官府感到威脅的力量。民國初年，西樵民樂村的程姓村民，對原來只能織單一平紋紗的織機進行改革，運用起綜的小提花和人力扯花方法，發明了馬鞍絲織提花絞綜，首創具有扭眼通花團的新品種——香雲紗，開創莨紗綢類絲織先河。香雲紗輕薄柔軟而富有身骨，深受廣州、上海、南京等地富人喜歡，在歐洲也被視爲珍品。上世紀二三十年代是香雲紗發展的黄金時期，如民樂林村

① 曾少卓：《桑園圍自然背景的變化》，中國水利學會等編《桑園圍暨珠江三角洲水利史討論會論文集》，廣州：廣東科技出版社，1992年，第51頁。

② 陳天傑、陳秋桐：《廣東第一間蒸汽繅絲廠繼昌隆及其創辦人陳啟沅》，載《中華文史資料文庫》第12卷《經濟工商編》，北京：中國文史出版社，1996年，第784—787頁。

③ 徐賡陛：《辦理學堂鄉情形第二稟》，載《皇朝經世文續編》，近代中國史料叢刊本，卷83，《兵政・剿匪下》。

程家一族 600 人，除 1 人務農之外，均以織紗爲業。① 隨着化纖織物的興起，香雲紗因工藝繁複、生產週期長等原因失去了競争力，但作爲重要的非物質文化遺産受到保護。西樵不僅在中國近代紡織史上地位顯赫，而且其影響一直延續至今。1998 年，中國第一家紡織工程技術研發中心在西樵建成。2002 年 12 月，中國紡織工業協會授予西樵『中國面料名鎮』稱號。② 2004 年，西樵成爲全國首個紡織産業升級示範區，國家級紡織檢測研發機構相繼進駐，紡織産業創新平臺不斷完善。③ 據不完全統計，西樵整個紡織行業每年開發的新産品有上萬個。④

除上文提及的武術、香雲紗工藝外，更多的西樵非物質文化遺産是各種信仰與儀式。西樵信仰日衆多，其中較著名者有觀音開庫、觀音誕、大仙誕、北帝誕、師傅誕、婆娘誕、土地誕、龍母誕等。據統計，全鎮共擁有 105 處民間信仰場所，其中除去建築時間不詳者，可以明確斷代的，建於宋代的有 3 所，即百西村六祖廟、西邊三帝廟、牌樓周爺廟；建於元明間的有 1 所，即河溪北帝廟；建於明代的有 2 所，分別是百西村北帝祖廟和百西村洪聖廟；建於清代的廟宇有 28 所；其餘要麽是建於民國，要麽是改革開放後重建，真正的新建信仰場所寥寥無幾。⑤ 除神廟外，西樵的每個自然村落中都分佈着數量不等的祠堂，相較於西樵山上的那些理

① 《南海市西樵山旅遊度假區志》，第 323 頁。

② 《南海市西樵山旅遊度假區志》，第 303—304 頁。

③ 《西樵紡織行業加快自主創新能力》，見中國紡織工業協會主辦、中國紡織信息中心承辦之『中國紡織工業信息網』，http://news.ctei.gov.cn/zxzx—lmxx/12495.htm。

④ 《開發創新走向國際　西樵紡織企業年開發新品上萬個》，見中國紡織工業協會主辦、中國紡織信息中心承辦之『中國紡織工業信息網』，http://news.ctei.gov.cn/zxzx—lmxx/12496.htm。

⑤ 梁耀斌：《廣東省佛山市西樵鎮民間信仰的現狀與管理研究》，中山大學 2011 年碩士學位論文。

學聖地，神靈與祖先無疑更貼近普通百姓的生活。西樵的一些神靈信仰日，如觀音誕、大仙誕，影響遠及珠江三角洲許多地區乃至香港，每年都吸引數十萬人前來朝聖。

傳統文化的基礎工程

上文對西樵的一些初步勾勒，揭示了嶺南歷史與文化的幾個重要面相。進而言之，從整個中華文明與中國歷史進程的角度去看，西樵在不同時期所產生的文化財富與歷史人物，或者具有全國性意義，或者可以放在中華文明統一性與多元化的辯證中去理解，正所謂『西樵者，天下之西樵，非嶺南之西樵也』。不吝人力與物力，將博大精深的西樵文化遺產全面發掘、整理並呈現出來，是當代西樵各界人士以及有志於推動嶺南地方文化建設的學者們的共同責任。這決定了《西樵歷史文化文獻叢書》不是一個簡單的跟風行爲，也不是一個隨便的權宜之計。叢書是展現給世界看的，也是展現給未來看的，我們力圖把這片浩瀚無涯的知識寶庫呈現於世人之前，我們更希望，過了很多年之後，西樵的子孫們，仍然能夠爲這套叢書而感到驕傲，所有對嶺南歷史與文化感興趣的人們，能夠感激這套叢書爲他們做了非常重要的資料積纍。根據這一指導思想，經過反復討論，編委會確定了叢書的基本内容與收録原則，其詳可參見叢書之『編撰凡例』，在此僅作如下補充説明。

叢書尚在方案論證階段，許多知情者就已半開玩笑半認真地名之爲『西樵版四庫全書』，這個有趣的概括非常切合我們對叢書品位的追求，且頗具宣傳效應，是對我們的一種理解和鼓舞。但較之四庫全書編修的時代，當代人對文化與學術的理解顯然更具多元性與平民情懷，那個時代有資格列入『四庫』的，主要是知識精英們創造的文字資料，我們固然會以窮搜極討的態度，不遺餘力地搜集這類資料，但我們同樣重視尋常百姓書寫的文獻，諸如家譜、契約、書信等等，它們現在大都散存於民間，保存狀況非常糟糕，如果不及時搜集，就會逐漸毀損消亡。

能夠體現叢書編者的現代意識的，還有邀請相關領域的專業人士以遵循學術規範爲前提，通過深入田野調查撰寫的描述物質文化遺產、非物質文化遺產的作品。這兩部分內容加上各種歷史文獻，構成了完整的地方傳統文化資源。目前不管是學術界還是地方政府，均尚未有意識地根據這三大類別，對某個地域的傳統文化展開全面系統的發掘、整理與出版工作。在這個意義上，《西樵歷史文化文獻叢書》無疑具有較大開拓性、前瞻性與示範性。叢書編者進而提出了『傳統文化的基礎工程』這一概念，意即拋棄任何功利性的想法，扎扎實實地將地方傳統文化全面發掘並呈現出來，形成能夠促進學術積累並能夠傳諸後世的資料寶庫，在真正體現出一個地方的文化深度與品位的同時，爲相關的文化產業開發提供堅實基礎。希望《西樵歷史文化文獻叢書》的推出，在這個方面能產生積極影響。

高校與地方政府合作的成果

西樵人文底蘊深厚，這是叢書能夠編撰的基礎；西樵鎮地處繁華的珠江三角洲，則使得叢書編撰有了充足的物質保障。然而，這樣浩大的文化工程能夠實施，光憑天時、地利是不夠的，一群志同道合的有心者所表現出來的『人和』也是非常關鍵的因素。

2009年底，西樵鎮黨委和政府就有了整理、出版西樵文獻的想法，次年1月，鎮黨委書記邀請了中山大學歷史學系幾位教授專程到西樵討論此事。通過幾天的考察與交流，幾位鎮領導與中大學者一致認定，以現代學術理念爲指導，爲了全面呈現西樵文化，必須將文獻作者的範圍從精英層面擴展到普通百姓，並且應將物質文化遺產與非物質文化遺產的內容也包括進來，形成一套《西樵歷史文化文獻叢書》。爲了慎重起見，決定由中大歷史學系幾位教授組織力量進行先期調研，確定叢書編撰的可行性與規模。經過6個多月的努力，調研組將成果提交給西樵鎮黨委，由相關領導與學者坐下來反復討論、修改、再討論……，並廣泛徵求西樵地方文化人士的意見，與他們進行座談。歷時兩個多月，逐漸擬定了叢書的編撰凡例與大致書目，並彙報給南海區委、區政府與中山大學校方，得到了高度重視與支持。2010年9月底，簽定了合作協議，組成了《西樵歷史文化文獻叢書》編輯委員會，決定由西樵鎮政府出資並負責協調與聯絡，由中山大學相關學者牽頭，組織研究力量具體實施叢書的編撰工作。

值得一提的是，《西樵歷史文化文獻叢書》是近年來中山大學與南海區政府廣泛合作的重要成果之一，並爲雙方更深入地進行文化領域的合作打下了堅實基礎。2011年6月，中山大學與南海區政府決定在西樵山共建『中山大學嶺南文化研究院』，康有爲當年讀書的三湖書院，經重修後將作爲研究院的辦公場所與教學、研究基地。嶺南文化研究院秉持高水準、國際化、開放式的發展定位，將集科學研究、教學、學術交流、服務地方爲一體，力争建設成爲在國際上有較大影響的嶺南文化研究中心、資料信息中心、學術交流中心、人才培養基地。研究院的成立，是對西樵作爲嶺南文化精粹所在及其在中華文明史中的地位的肯定，編撰《西樵歷史文化文獻叢書》也順理成章地成爲研究院目前最重要的工作之一。

在已超越温飽階段，人民普遍有更高層次追求，同時市場意識又已深入人心的中國當代社會，傳統文化迎來了新一輪的復興態勢。這對地方政府與學術界都是新的機遇，同時也産生了值得思考的問題：如何在直接的經濟利益與謹嚴求真的文化研究之間尋求平衡？我們是追求短期的物質收穫還是長期的區域形象？當各地都在弘揚自己的文化之際，如何將本地的文化建設得具有更大的氣魄和胸襟？《西樵歷史文化文獻叢書》或許可以視爲對這些見仁見智問題的一種回答。

叢書編撰凡例

一、本叢書的『西樵』指的是以今廣東省佛山市南海區西樵鎮爲核心，以文獻形成時的西樵地域概念爲範圍的區域，如今日之丹灶、九江、吉利、龍津、沙頭等地，均根據歷史情況具體處理。

二、本叢書旨在全面發掘並弘揚西樵歷史文化，其基本内容分爲三大類別：（1）歷史文獻（如志乘、家乘、鄉賢寓賢之論著、金石、檔案、民間文書以及紀念鄉賢寓賢之著述等）；（2）非物質文化遺産（如口述史、傳説、民謡與民諺、民俗與民間信仰、生産技藝等）；（3）自然與物質文化遺産（如地貌、景觀、遺址、建築等）。擴展内容分爲兩大類别：（1）有關西樵文化的研究論著；（2）有關西樵的通俗讀物。出版時，分别以《西樵歷史文化文獻叢書・歷史文獻系列》、《西樵歷史文化文獻叢書・非物質文化遺産系列》、《西樵歷史文化文獻叢書・自然與物質文化遺産系列》、《西樵歷史文化文獻叢書・研究論著系列》、《西樵歷史文化文獻叢書・通俗讀物系列》命名。

三、本叢書收録之歷史文獻，其作者應已有蓋棺定論（即於 2010 年 1 月 1 日之前謝世）；如作者爲鄉賢，則其出生地應屬於當時的西樵區域；如作者爲寓賢，則作者曾生活於當時的西樵區域内。

四、鄉賢著述，不論其内容是否直接涉及西樵，但凡該著作具有文化文獻價值，可代表西樵人之文化成就，即收録之；寓賢著述，但凡作者因在西樵活動而有相當知名度且在中國文化史上有一席之地，則其著述内容無論是否與西樵有關，亦收録之；非鄉賢及寓賢之著述，凡較多涉及當時的西樵區域之歷史、文化、景觀者，亦予收録。

五、本叢書所收録紀念鄉賢之論著，遵行本凡例第三條所定之蓋棺定論原則及第一條所定之地域限定，且叢書編者只搜集留存於世的相關紀念文字，不爲鄉賢新撰回憶與懷念文章。

六、本叢書收録之志乘，除此次編修叢書時新編之外，均編修於1949年之前。

七、本叢書收録之家乘，均編修於1949年之前，如係新中國成立後的新修譜，可視情況選擇譜序予以結集出版。地域上，以2010年1月1日之西樵行政區域爲重點，如歷史上屬於西樵地區的百姓願將族譜收入本叢書，亦從其願。

八、本叢書收録之金石、檔案和民間文書，均産生於1949年之前，且其存在地點或作者屬於當時之西樵區域。

九、本叢書整理收録之西樵非物質文化遺産，地域上以2010年1月1日之西樵行政區域爲準，内容包括傳説、民謡、民諺、民俗、信仰、儀式、生産技藝及各行業各戰綫代表人物的口述史等，由專業人員在系統、深入的田野工作基礎上，遵循相關學術規範撰述而成。

十、本叢書整理收録之西樵自然與物質文化遺産，地域上以2010年1月1日之西樵行政區域爲準，由專業人員在深入考察的基礎上，遵循相關學術規範撰述而成。

十一、本叢書之研究论著系列，主要收録研究西樵的專著與單篇論文，以及國内外知名大學的相關博士、碩士論文，由叢書編輯委員會邀請相關專家及高校合作收集整理或撰寫而成。

十二、本叢書組織相關人士，就西樵文化撰寫切合實際且具有較强可讀性和宣傳力度的作品，形成本叢書之通俗讀物系列。

十三、本叢書視文獻性質採取不同編輯方法。原文獻係綫裝古籍或契約者，影印出版，並視情況添加評介、題注、附録等；如係碑刻，採用拓片或照片加文字等方式，並添加説明；如爲民國及之後印行的文獻，或影印出版，或重新録入排版，並視情況補充相關資料；新編書籍採用簡體横排方式。

十四、本叢書撰有《西樵歷史文化文獻叢書書目提要》一册。

總目

評介

石泉

一、本書基本内容及作者簡介

梁昌聖（1737—1821年），字拜善，廣東南海西樵碧霞村人。清乾隆二十四年（1759年）舉人，二十六年（1761年）二甲第十名進士，三十五年二月任江浦縣知縣，任職期間爲官廉潔謹慎、辦事公道，以振興當地學風文化爲己任。江浦前任知縣宣導修建文廟，卻一直没有全部完工，梁到任後發現大成殿和欞星門都有損壞的情况，便在三十九年率領同邑人陳觀光、葉永寧等對其進行修理維護，並撰文勒石。陳觀光曾作《酬梁邑侯同年詩》一首：『少時雞壇舊有名，鉛刀小試在江城。文人自爾多才調，詩筆真能寫性情。春雨澤含千畝潤，秋潭水澈一官清。他時譜入升平曲，短什風和正始聲。』借此稱讚作者對當地文化建設的貢獻。後調任震澤知縣，升山西晉州牧，不久因病去職，年八十五卒。代表作有《碧霞書屋詩鈔》《匊芳園詩箋》。①

《碧霞書屋詩抄》共分上、下兩卷兩册。書中收録作者詩詞作品一百七十餘首。本書爲嘉慶十三年

① 作者簡介參考自：《吴江知縣》，第二百七十四頁，吴江區檔案局、吴江區方志辦編，2014版。

（1808年）鐫刻本，單魚尾，四周單邊，小黑口，十一行，每行十九字，雲日軒刊本，現藏於廣東省立中山圖書館，粵圖（K／54／403），掃描件二百五十碼，出版時共一册。原書上卷部分有破損。道光《南海縣誌》卷二十六、卷三十九，《西樵白雲洞志》第五册，光緒五年刊本《廣州府志》第一百六十三卷中都有涉及作者和相關詩文的介紹。另外，廣東樵山書院出版社於2008年9月出版發行了《碧霞書屋詩鈔》單行本。

本書開篇爲序言兩篇，分别是後輩王鳴盛和趙克勤應邀所作。前序讚揚作者爲嶺南名士，名聲遠播，大有相見恨晚之感。序中認爲當時詩壇作品大都拘囿於唐宋之舊有範式，内容毫無新意，强調唐宋詩文在當時已然有『剽竊摹擬襲貌遺神』之弊。而獨作者能夠在其中調劑短長，取其精華，從而使自己的作品不拘泥於唐宋原有框架的局限，詩文内容既是心性本真的流露，又給人以雅俗兼顧、還本自然之感。隨後序中又説明書中詩詞均取材於作者平日遊覽的見聞，抒發對世事的感懷，反映出作者樂觀開朗、豁達向上的心境。後序指出，作者在爲政『訟簡、刑清、政齊、事舉』，造福一方的同時詩詞造詣亦有相當之水準。認爲詩中飽含對國事民生之關切，還有借古抒情的感傷，透過詩句中的字裏行間，讀者可以感受到作者對治下百姓如父母般之關愛以及當時士大夫兼濟天下的情懷道義。

二、本書作品分類介紹

《碧霞書屋詩鈔》中的詩文體例以七言絶句爲主，還有少量五言詩。書中詩文大體可分爲借景抒情、詠史言志、遊覽見聞、生活感懷幾種類型。

借景抒情方面主要是作者對平日季節變化中思想感情的記録和表達。比如書中《莫春》一詩：『一刻千金買得無，蔫花弱柳倩誰扶；青雲屐濕階徐歷，白袷衣輕體漸蘇；鳥過巫山悲蜀帝，人歸金谷吊齊奴；繁華天地終銷歇，愁聽殘鶯酒滿壺。』① 詩中首先描繪了晚春時節一派淒涼衰敗的景象，繼而又通過旅行中的感受和見聞表達出對往日春天繁華美景一去不返的惋惜之情。可以看出，作者對周圍環境變化有着自己細緻的觀察，又加之人生閱歷的豐富和多愁善感的情緒，使得作者的詩文中適時地流露出一種與季節相對的應景性表達。還有後面的《苦雨篇》②，作者通過連綿陰雨對農人生產生活的影響，表明了大雨導致持續的洪澇災害使農作物大量減産，百姓求生不得、走投無路。表現出作者作爲地方官員對民衆的生活有着很強的關切，對自然災害給百姓造成的損失有着深深的焦慮。這種借景抒情的作品主要集中在上卷，且數量較少。

遊覽見聞類的詩詞在整個作品中占大多數。其特點在於作者旅行之處的所見所聞皆在詩作中有所反映和體現，比如作品上卷中的《早起回望峽山》一詩：『峽中景色曉逾佳，水氣星痕併入懷；山引二禺雙按鎖，江流匹練獨乘潍；半篙晴緑排舟上，滿載新吟叠韻諧；回首飛來烟寺渺，慈航何處是津涯。』③ 從詩文

① 《碧霞書屋詩鈔》，卷上第二十三頁，廣東省立中山圖書館藏。
② 《碧霞書屋詩鈔》，卷上第二十四頁，廣東省立中山圖書館藏。
③ 《碧霞書屋詩鈔》卷上第二頁，廣東省立中山圖書館藏。

中可知作者是在早上獨自乘舟遊渡山峽，並在行程中有感於清晨景色之朦朧縹緲，故作詩記録此時眼前的美景。從整個作品可以大體知曉作者的旅行足跡主要以家鄉西樵南海爲主，後逐漸涉足湖廣江西等地。特别是描寫白雲洞、西樵等地的詩詞既表明了作者對周圍生活環境的熟悉和熱愛，也表現出在行程中的興趣和愛好。如上卷第十一頁《白雲洞》，白雲洞即位於南海西樵，作者在詩中提到了山間峭壁的高深陡峻的同時，也表達了要在前輩記憶遠去之地『拂拭欲重鐫』的想法和抱負。作者的遊覽地包括項王廟、羚羊峽、柳下惠墓、贛州江上、鄱陽湖等地。這類詩詞集中於作者早期，體現出作者早年閱歷的豐富和對祖國大好山河的嚮往。

生活感懷類的文章主要表達了作者與朋友故交之間的友誼情感。對亡人的感懷主要有《哭亡友崔基長》：『伐木酣歌歲綺紈，懸壺小隱杏花殘；分金我幸曾逢鮑，賣藥人驚乍失韓；豈是服珠方不驗，可憐瘞玉土纔乾；素車白馬歸來晚，泪灑西風蕙帳寒。』① 作者首先在詩文中表明與崔姓友人相識相會的緣由，並在隨後對得知其離世消息的驚訝與悲傷，通過葬禮上悲涼的氛圍表明對失去朋友的惋惜和痛心。下卷第三十三頁的《内人忌日》表達了作者對與亡妻陰陽兩隔的悲痛，以及往日環境物是人非的淒涼。對愛妻的懷念只能寄託於夜晚的夢語以及燒送的紙錢，並在最後通過『年年此日傷心酒，愁酌寒花酹細君』之語，表明對愛妻的愁思無處排解，只能通過借酒消愁來抒發自己在妻子故去後孤單落寞的心情。

① 《碧霞書屋詩鈔》卷下第四頁，廣東省立中山圖書館藏。

另外，對歷史人物的描寫也經常在詩文中出現。比如《胯下橋》① 一詩：『天困英雄正玉成，少年市上最聰明。不因一辱淮陰後，胯下憑誰爲紀名。』讚揚韓信不爭一時之短長，甘願忍受市井無賴胯下的屈辱，並最終憑藉自己的才能得以建功立業、受爵封王。同樣，在《項羽》和《范增》兩首詩中稱讚了項羽的勇猛無敵，范增的足智多謀，但同時也表達了是非成敗皆有天數，並非人力可爲。後人追憶古時舊事唯有感慨歲月無常，空餘惆悵。這類詩詞大多取材於作者平時遊覽時的即興而作，主要以下卷居多，表明了作者在生活後期隨着人生經歷的豐富對社會生活也逐漸開始有了更深的感悟和體會。

除了以上四類詩文外，還有一些作品本身帶有獨立的序言。比如下卷的《醉秋亭》②，序言仲介紹了亭的大體方位，並説明此亭『秋日花開紅暎亭面顔曰醉秋』。同時指出『秋爲萬寶告成春則百花競放，鳳石以名其亭蓋不忘家丞秋實之意』，來解釋醉秋亭命名的來歷和背後的意義。這類詩詞同樣主要集中在下卷，起到對每首詩的創作背景進行介紹和對相關問題解釋説明的作用，以便於讀者更好地對詩文和作者的思想進行理解和分析。

《碧霞書屋詩鈔》是清代廣東南海文人梁昌聖生平所作的詩歌集結，詩詞內容絶大多數是作者遊覽風景名勝、歷史古跡時思想和心情的表達。並反映出作者的興趣和人際關係的變化過程。就像序言中提到的

①《碧霞書屋詩鈔》卷上第三十二頁，廣東省立中山圖書館藏。

②《碧霞書屋詩鈔》卷下第二十八頁，廣東省立中山圖書館藏。

那樣，梁氏的作品中大多隨興而作，不拘泥於前人詩詞創作的限制，完全取材於自己的見聞並用直抒胸臆的方式表達自己的思想感情。另外，作品中對各地景物名勝的介紹，對研究村落、宗祠和地方的歷史、社會風俗有一定的史料價值。最後，從詩歌本身的價值出發，該詩集對研究清代湖廣江西地方文人的創作水準和詩詞特點等問題具有很強的參考借鑒價值。

嘉慶十三年鐫

碧霞書屋詩鈔

雲日軒藏板

曩予與杭堇浦編修聚首湖上堇浦爲言嶺南多詩人而拜善梁先生尤首屈一指云維時拜善已成進士官于江南距吳數百里予未得晤也今年拜善調繁來涖笠澤延予主講書院始獲把臂談藝恨相見晚爰出所著吟藁垂示而屬予序之予回環循諷灑然有異作而曰堇浦之言信矣哉近日詩教大昌詩家厤列然嗜甘者忌辛好丹者非素唐音宋調言人人殊予嘗疑之葢詩體至唐爲備論詩者以唐爲準的是固然顧或剽竊摹擬襲貌遺神斯學唐者之弊也宋詩自歐梅固已別開

戶牖蘇黃輩出遂乃掘盡唐人臼科守故方
不可不參以新變顧南渡以下俚鄙麄俗如村謳
羌笛樵出其間尤而效之去正聲遠矣斯又學宋
者之弊也求其調劑兩家去短集長而洋洋乎會
通于大雅者繄何人乎今觀拜善所製或唐或宋
惟其所陶冶而未嘗拘于一格也抑且非唐非宋
自寫其心靈悟詣而不必求離合于古人也大約
學唐而不失之板學宋而不失之野大雅之復作
也舍拜善其誰與歸拜善固粵中名士自爲諸生
夙擅嘉譽曁乎計偕 京國對策 大廷遊覽愈

富見聞益多咸資以爲詩材牽絲出宰琴鶴蕭然放徜之餘不廢吟事嗜古所稱才子仙吏拜善其殆兼之歟要惟其性靈之妙不激不隨故能盡掃摹擬剽竊之陋而又不落俚鄙麄俗氣習信乎爲中流之一壺也已昔唐司諫清河公出牧于吴皮襲美爲其部從事與處士陸魯望聯唫分韻爰有松陵集今拜善賦才雄鷙固迥出襲美上而予謭劣實不逮魯望甚遠顧念束髮稱詩今日幸逢同調而吾兩人所過從地適當松陵笠澤間願相與尋皮陸唱詶故事爲藝林添一公案拜善其許吾

否耶書之卷端以爲息壤惜乎菫浦已歸道山不
克相與同此樂也
乾隆乙未初秋治下同學愚弟王鳴盛西莊氏題
于攀桂樓

碧霞書屋詩鈔序

拜翁老父臺蒞吾邑之二年勤始自新安以疾歸里見其訟簡刑清政脩事舉民俗和平安樂如古之芣苢茁葭有詩意焉知公固學道愛人君子也顧方初謁公時未暇一言及詩越二年再以公事謁公乃出其所爲碧霞書屋詩鈔示勤且命之序勤受而讀之作而嘆曰詩以言志也公之志豈偶然哉夫歌咏之興肇自生民大抵有爲而作原本性情提唱忠孝志之所之在上者以爲教在下者以爲俗如是而已善乎近世之言詩者曰宗旨曰

風格曰神韻夫宗旨卽志之謂也士大夫言詩而不求端乎此則曹劉公讌豈無風格京兆香匳詎乏神韻耶今讀公之詩共二卷古今體一百七十首有奇其中未蒞吾邑者十之六蒞吾邑者十之四凡道路登涉懷人覽古之作天風琅然流於胸臆細至種瓜啖荔皆因寄所託以自比於幼安玉局之徒及其捧檄吾土絃歌百里公庭訟稀又往往以田家雜興高步王儲長官無呵殿之聲樵牧有行吟之答非公學道愛人忠厚悱惻之思流溢于性情而不自已使其民盡力耕桑樂其教而成

其俗何以能然哉夫以一邑得慈父母而見其政讀其詩本其志猶令人觀感興起若是況進而成天下之俗哉勤又知公將由一邑達之邦國而以其詩爲天下士大夫式也爰書以復於公

乾隆甲午清和月治年家眷晚生趙克勤頓首拜撰

碧霞書屋詩鈔

碧霞書屋詩鈔

南海 梁昌聖 拜書

讀白沙先生集

光風霽月性天成世事浮雲過太清富貴從來非我願聖賢原不遠人情尋詩野服偕童冠將毋壺飱共弟兄自是孔門顏閔輩後人休但擬朱程

江門懷古

白沙村外暮颿過感慨興懷擊楫歌一代君臣空吐握百年人物漸消磨楚雲臺種蒲葵密碧玉樓棲燕雀多惟有前賢芳躅在高風猶憶釣魚簑

一線堤痕繞荻花，古墩殘碣雜籬笆。月明誰喙孤山鶴，都御史鄧儆林遒故事，檄有司月致米一石，歲致人夫二名。先生却以詩曰：孤山鶴喙孤山月，不要諸司費俸錢。道絕人添畫足蛇。白沙先生將終，以道託弟子張詡曰：夫子之道至矣，願無畫蛇添足。身後有亭過仰孟，我來無路展懷沙。提舉汪某慕先生，特甚在海北作懷沙亭。停舟憑眺虛怊悵，獨立清宵紫水涯。

夜渡中宿峽

日脚沉天末，星槎到峽磯。乾坤開衆鑰，山水列重闈。匹練中閒落，雙鬟左右飛。浪搖江月碎，峰逗寺燈微。帝子居何處，孫郎事已非。猿聲長寂寂，竹影

自依依蘆動漁舟隱溪鳴客棹歸獨憐征路遠幽
興每多違

早起回望峽山

峽中景色曉逾佳水氣星痕並入懷山引二禺雙
按鎖江流匹練獨乘篷半篙晴綠排舟上滿載新
吟疊韻諧回首飛來烟寺渺慈航何處是津涯

夜登觀音巖

擘餘神臂展奇山絕險懸龕水自灣風好問僧尋
芊渡月明容我叩禪關佛燈猶剔蕭梁燄詩壁重
鐫姓字斑清磬上方聽漸近暮雲深處一聲聞

湯休隨喜更相攜石磴紆迴路欲迷踏脚每從青嶂出置身長與白雲齊排空雁字雙雙見點水漁燈個個低不是天河橫鎖斷尋幽應破赤花蹄

庾嶺謁張曲江廟

廟貌南山古晴開第一關已凋金鑑錄未朽鐵胎顏拜石苔碑綠尋梅錦樹殷千秋風度好景物至今開

贛州江上作

皷棹晴飛萬里航虔州初下路茫茫山連南北通閩粵水滙東西引貢章百雉雲深籠草翠雙江日

落印沙黃閒情輸却漁翁好村酒歌呼繫夕陽

南昌懷古

臨秋孤閣倚晴虛古跡蒼茫野望舒晝蝶粉殘畱
麝壁釣魚溪冷傍蝸廬響連章貢笳悲晚白到瀟
湘月上初重省當年詞賦地珠簾寂寂短碑餘

村居雜咏

柴門開綠野繞徑插筠籬山近雲歸早林深暑到
遲同舟空欲濟岐路復何悲田叟相談笑時時誤
去期
日出占高樹風來驗斷萍巡池魚婢黑繞屋木奴

青市近心偏遠歌餘韻未停入林愁不容還遣白
雲扃
得得塘腰屐苔痕復草痕蹄涔蛙引子松蓋鶴呼
孫水界東西路花連遠近村不須尋絕境卽此是
秦源
薄長隨郭轉垣短與肩齊巢幕雙雛燕棲塒五母
雞人聲風外塢罾影月中隄何處歸舟下蘆烟一
片迷
閒甚亦遭妬時禽聒耳呼開耕催布穀勸飲喚提
壺婚嫁酬兒女冰霜襲鬢鬚奔蜂難化蠋休自枉

工夫

比戶安耕鑿腰鎌首戴蒲牛寧甘錦繡龜合曳泥塗李苦枝無損瓜甜蔓易枯會心有沮溺多事問津徒

負耒淸晨出輕涼送度阡書聲茅屋裏人迹板橋邊飲卯謀今日呼庚憶往年相邀惟剪韭不擬更烹鮮

風磴坐芳洲雲門對綠疇林交長礙日地迴不知秋斷草餘纖碧崩涯落細流商量留客味招手問漁舟

暮雨忽霏霏收筒別釣磯人歸山下路門掩月中扉蛛巧無機織螢寒抱火飛吹豳愁卒歲無褐又無衣

閒閒吟十畝稼圃小人難果援編農隙牛宮祝歲殘補簑聲獨速洗脚病蹣跚比木甘爲穀何勞仰樹檀

將進酒

生年縱滿百三萬六千日況多强半人一閃電光失倀倀將何之引酒聊自釃蝸涎只盈殼饑渴匪外貧周頒懲蜂螫羲易戒羊䍶何不讀離騷餔糟

而歡醻持螯用永夕荷鍤有埋時進酒復進酒王喬誰等期

莫登樓

高高西南樓大道繞其旁行塵蔽落日車馬何芒芒歎君莫登樓登樓增悲傷春草碧如油春花紅似粧目力苦有盡悠悠思無疆歸雲戀巖岫客子在他鄉縱得忘憂萱誰爲樹北堂

開平館中同南英弟分賦

山縣枕山腰山房鎖寂寥虛窓風習習陰院蒡驕驕旅思青燈動愁懷濁酒澆蒼城春漏永聯榻與

偏饒

館中即事

孤城開絕巘深院閉重嵐人跡苔衣沒書聲鳥語
叅暮春淸晝永短睡黑甜酣虹氣床頭劍悲歌時
抑鐔

寄和陳吉士廣文

每憶當年對玉釭粤王臺畔綠油窓城樓笳鼓雲
霄下海市波濤雨夜撞文鳳梳翎翙碧漢蟄龍張
鬣臥滄江羅浮舊有壽仙約愧乏冲虚履一雙

賦得乳燕傍高樓

二月將雛燕差池羽翼勞棲嫌絲柳弱乳向畫樓高依幕營巢壘巡簷掠剪刀語頻侵閣鳳飛倦摧窓櫳梢蝶觧花國裁雲異鳥曹托身居百尺舊巷尚周遭

綠樹聞歌鳥

綠樹宜啼鳥清商出翠柯疾徐言欲訴高下轉如歌裊裊停雲薄交交悅耳多朝凉通苑柳晝靜逗深蘿翻葉疑聲散爭枝辨韻訛餘腔侵雨潤流響待風摩止木情非槁遷喬聽自和鼓吹天籟遠鳴鳳賦卷阿

賦得細雨如散絲

𥨍雨霏微處遊絲散碧虛墮樓驚女棄拂網誤蛛
餘柳自同搖曳梭無礙卷舒風輪天外轉繅繭正
相如

江門竹枝

梹榔船報昨宵回准備扶畱與石灰香口嚼挨篷
角穩紅潮飛上玉顏來
長松一路水平堤烟郭風傳唱晚雞日落黃雲山
下靜白沙村外喚收葵
滿園綠橘正垂肩先採儂家進御筵熨齒甘分崕

蜜汁玉環空笑荔枝天
芋田新墾未曾平田父偏饒論古情碧玉樓高人
已遠諱名猶解敬先生

感事

相門經掃已多年鵝鶩餘餐食女先聞說翟門今
設網曳裾無復上階前
死灰重爇舊曾聞珠履那堪散似雲休怪灞亭闌
吏薄世間誰見故將軍

鄉思

竹林迴引碧溪幽短薄人烟見屋頭一櫂落花村

外艇半欄明月水中樓已教城遠辭車馬更得塘
寬浴鷺鷗幾畝秫田荒未種何時春雨復租牛

回家

薜荔墻邊一逕陰柴門閒掩白雲深泥封村塢苔
錢客水滿池塘荇帶沈入室畫梁藏蝙蝠窺園芳
樹墮林檎追凉故繞闌干外風葉刁調雜鳥音

贈隱者

富貴憎閑骨山林愛散人桃花藏跡舊鶯鳥訂交
新幸免門如市何妨甑是塵鶴糧分已盡猶自諱
言貧

禮佛何曾佞眈書不避淫十年清淨地一卷聖賢心風楊眠朝爽雲門坐午陰泉聲空際落想象入幽琴

題李赤中小影

遠志出山同小草雄雞斷尾憚爲犧文沓石室瞿硎棲伏生落筆毫添齊伯淮石隱人不見蒙被不得圖其面老子天地之癯儒龍光可隱復可見始識白眉登粤秀大兒小兒逐其後參佐三間幸促膝東頭西頭時左右羲馭晷影何急駛瞥眼十成邋遢雪中鴻爪憶前塵嘆有青山獨如舊

之桐比嶧陽喬梓杈枒枝葉茂鹿麋乳子鳳將雛
梅花貌古黄花瘦阿誰妙筆能寫生置君其間爲
君壽

舟行

夏日移蘭櫂薰風入柳溪孤村人不見深樹鳥長
啼土沃禾連畝潮平水拍堤漁歌清籟發深巷夕
陽西

度羚羊峽

鼓枻初登峽羣峰似列衙江湍奔急箭山路引脩
蛇樵爨飛烟直征帆掛日斜釣臺何處是莫令水

浪遮釣魚臺在峽西諺云水漫釣魚臺上下不通來

初到羅陽書院即景

鎮日簾纖雨不晴絕無些事講帷清風捎花妥簷牙露水聚泥深屐齒平鼃鼓草間聽晚吹鉼笙爐上記新聲羅旁俗化琴書地擁卷居然面百城

咏竹

皐座餘閒步短廊猗猗淇竹對修房兼旬有客覊愁破一日無君俗氣張籜踠春泥承雨露枝留秋實待鸞凰不嫌薄袖寒相倚千畝何須羨渭陽葛陂何日看成龍峭蒨還陪阮仲容朝旭烘墻金

滉瀁午風當戶玉琤琮高標自許干霄漢勁節惟
應友栢松多事殺青人未識簡書爲報久心慵

漫成四首

油窗高拓望雲岑駘蕩龍龕山名景物侵鄭草春風
新委帶牙琴流水舊知音鳥窺客散參差下虫識
階閒斷續吟莫怪便便嘲腹笥先生原是懶難禁
生來頭腦未冬烘埃壒連篇眼欲封敢道六鈞勞
射鼠恨無三載學屠龍談經若點非頑石吹律難
調是啞鐘彀率近來思改變不知何去復何從
敲破唾壺且浩歌斜陽一樹晚蟬多乞錢無處尋

司業貸粟逢人盡監河自笈充飢惟煮字誰知適體在衣荷門前剝啄來佳客祇有龍淵共撫摩

幸濟清時愧斗筲勉隨學古志嘐嘐周官論秀崇三物義易包蒙重二爻荏苒星霜飛似箭棲遲書劍繫如匏分明五術投時拙底事劉標廣絕交

竹影

琅玕千个拂檐端影落池亭掃不殘信展似拖當路笋驚鱗疑避晚漁竿風前郫釀香如在月下湘靈泪欲彈敢請處陰聊自息虛心一片倩誰看

四季落花詩

生生無語怨東風今古飄零感慨同三月池塘新
雨後六朝宮殿夕陽中殘香嬾啄歸梁燕碎錦斜
穿篆字虫春暖曉閨遊女出踏青印上繡鞋弓
暑重香濃不自持多情何在著繁枝每當亭午無
人處正是殘粧墮馬時茂苑豔辭梅雨妬長堤愁
耐柳塵欺因嫌棠棣思言遠羞與尼山咏反而
搖落那堪宋玉收芳魂無主蕩空流風朝帶露塡
棋局月夜依霜上釣鉤失寵冷拋金屋外解粧寒
卸玉釵頭淒淸曾憶長安夕愁殺南冠趙倚樓
誰復西湖沃舊根孤山惆悵寂無言嘶風驕馬蹄

痕白玩月扁舟笛譜翻隨處追尋空問路何時生長更成村落花自有開花日莫謂冰霜不是恩

聞勞二潤之公車下第

麥秋客蒼城夢君經三夜無言自搔頭憔悴京華舍萬里故人心已慮策虛射郵筒昨燕歸聞君果待價人爲郢玉悲我爲萊衣賀仲由未列鼎百里米可荷勸君早歸來無爲尚過夏荔枝紅幾時萱草青易謝君不見北宮之女嬰兒子徹其環瑱老不嫁

白雲洞

峭壁排空出崕懸一洞天橫橋飛澗入曲磴枕泉眠苔淨虫吟雨蘿深鳥弄煙留題前輩遠拂拭欲重鐫

舟夜

刺篙沙際宿天幕四邊垂鉤月當頭挂薰風撲面吹堤平橫玉線峰立卓毛錐清興舟中滿高歌和者誰

螢爲友人賦

休言腐草托身輕巧入疎簾獨有情縱使處囊終未出一生襟影對人明

寄隱者

深院淨苔色遲遲春自芳琴心邀鶴語詩思奪花香塘背千頭橘墻陰十畝桑遙知北窓外幷欲忘羲皇

捕魚行

南塘十畝灣環水遊魚吹沫吸淸泚揚鬐鼓鬣奮中流避人驚没深泉底阿誰彈鋏歌無魚阿誰徵夢動食指惜哉敗網未會脩幾度臨淵空羨爾忽有漁人誇善漁自云波心能奏技不用蚖脂之
宮明察魚子與魚婢張拳衡動水有聲驚

如飛矢馮夷幽宮自往來踏浪騰

掌握有神工溟鯤直同轍鮒視自古綱尚漏

今匪麗罾得鰋鱧斫膾銀絲飛玉盤味較季鷹鱸

倍旨漁人燕客意揚揚客對漁人驚且喜赤身直

欲鬥蛟龍多恐池魚皆赬尾

素馨田

不同青塚路邊荒十畝芳魂對五羊南漢山河無

尺土美人名字有餘香綠含春岸朝鋤雨白上秋

城夜賣霜堪笑老農生計拙風流猶自爲君忙

張畱侯

三傑天生氣獨鍾丹心青史仰孤蹤傳書早見知黃石辟穀終無負赤松已破千金韓莫報何須萬戶漢新封當年誰識高風遠任是蕭曹未景從

七夕贈牽牛織女

莫恨佳期一夕慳年年烏鵲未虛閒已過橋畔終良夜又得河邊對別顏洛女匆忙要玉珮劉郎迢遞隔蓬山知君早識人間苦債負天錢故不還

蟋蟀俟秋吟

唧唧動籬頭淸颷韻並流未因催暮歲已覺報新秋入耳初驚懶知時更引愁露花藏羽潤霜葉度

聲幽質弱聲偏壯情多夜不休金籠誰管束刀剪在高樓

俠客行

白玉飾劍頭黃金齧馬齒朝朝暮暮長安市博塞一擲喝成盧道左無人敢逼視有時睥睨酒家帘盃盤狼藉窮珍旨興酣擊筑發悲歌燕丹嚴仲今誰是

夜坐卽事

秋色宵深淨六街無人新句漫安排寒蛩聒耳聲難辨皓月窺窗影漸乖支臂閒書堆食案繞廊微

露潤吟鞋玉壺傳點城樓急恰稱敲銅引興佳

苦雨戲作

豈是漏天仍未補長空一片墨雲扃小窗鎮日如懸瀑高屋何人復建瓴樓下苔錢能買埒座邊虫字遍題銘幾時陰翳消除盡東望朝陽入眼青

雁字

鳥迹疑傳帝史家殷勤迢遞寄天涯書成萬里瀟湘隔信到三秋羽翮斜衝雪健毫搖泰岳乘風新陣走龍蛇夜歸影落朦朧月猶憶臨池浣墨花

留別蒼城諸門人

皐座談經愧薄能判年未遂樂良朋猪肝何敢煩安邑鱸膾惟思逐季鷹黃葦陂頭愁送櫂碧油窗下猛籌燈應知此後相望切不憚雲峰隔幾層（雲峰開平山名）

寄林省軒兼呈近稿求訂

十二年間一轉眸相知散盡穗城秋幸儕小友難如李謬許登科實愧劉飲酒近無周督醉學言終恐楚人咻思君舊有還丹術願乞天龍豎指頭

和祖朗亭司馬咏物四首卽用原韻

水仙

花信三番又報春一泓清水獨傳神湘江香芷思
公子洛浦朝霞覿麗人含露瑤簪時墮粉凌波羅
襪不生塵梅兄莫浪誇魁占玉案何曾得結鄰梅本麤勁盆栽者少水仙必以燒瓷水石養置香機故云

雞冠

天雞喔喔赤烏寒化作丹花翠羽翰雙舞西風疑
對鏡四開南越儼彈冠光從郿氏分金距影逐前
賢上杏壇似是五更催曉慣朱英不怕雪霜干

榆莢

羞澁繒囊括懶開何須榆莢瀉錢來因風不斷歸

窮巷盡日無緣買舊醅文字未成誇肉好鬼神欲使枉徘徊書生久薄和嶠癖怪殺遊鞍滿載回

蒲劍

入夏新蒲夾岍明鋒鋩森聳劍光生曾經風雨磨礲久更逐魚龍變化橫（時郎亭以疾休）在藻可依清影定刻舟難覓暮濤驚何時歌傲容彈鋏不憚蒹葭遠溯情

贈梅山伯二首

身世風塵過山林老病蘇但知歌擊壤不解哭窮途作客畀馮劍求仙陋葛爐披裘兼帶索一任馬

牛呼
可共皆爲友相宜卽是家一身諧木石兩屐飽烟
霞骨爲耽詩瘦年因學易加星巖時笑傲未惜鬢
邊華

遣懷

今雨人蹤少虛堂寂寂春輕紋生石脚深綠上階
脣太息悲邱壑高歌泣鬼神新雷昨驚蟄尺蠖可
曾伸

絶句漫成

堦靜堂深事事幽香添睡鴨細煙浮垂簾消受遲

遲日蠹粉如銀卷自抽

十色蠻牋逼座鮮緑沈管下起雲煙平原自有眞丰骨怪煞家家趙集賢

大邑燒瓷盌勝霜小園金鳳茗生香何人水厄嘲今日顧渚蒙山取次嘗

坦腹無人午睡便啁啾鳥雀趂庭前客來看竹如相問爲報先生亦姓邊

蒲扇

中宿聲名謝傳揚圓於璧月白於霜炎涼世態原無定用舍余情信自芳差免庾塵汚面目還遮魯

日暴巫尫時禱雩旱龍皮雉尾徒多事綠雨青畦萬柄長

登雲閣落成

巍巍飛閣俯塘東烟郭雲扃半畝中門拍水田鷗鷺狎徑連芳圃蕙蘭叢百年簪笏開堂構滿榻琴書蔽雨風應讀前賢嘉樹傳無忘封殖古今同

登雲閣落成詩承配堂家大夫次韻再疊原韻一首

家業經畬起粵東數椽相對碧塍中爲漁楚澤無桃岸招隱淮南有桂叢一閣藜吹太乙火滿窗松挹大夫風文章檻外隨時足得意拈來便不同

啖荔詞

天中氣如蒸炎鄉將入伏家食無賜冰汗揮若飛瀑磊落此何物光炯奪我目不脛珠能走無火丹已熟久抱臨邛渴肯任紅塵逐褪衣滑脫手剝膚微創玉吮咂牙齒寒迸裂天漿馥櫻桃女口紅菩提馬乳綠在京曾貪饞每食必果腹內熱解無蔗外暑消無竹悠悠思南邦離離粲嘉木萬里苦莫致三百嗜倍篤清冷生肺肝厭飫賤粱肉欲作嶺南人何怪蘇玉局

種瓜

窗前學種瓜志不在謀食吾身計避炎欲藉垂陰
力短墻橫列竹厥竿何籊籊駿駸勢日上延蔓將
遍歷鬖髿亂奮騰空旗幟翻動壁栗薪非托足蔦蘿
豈匹敵好雨送朝爽柔風度午寂書聲渾游衍暑
氣潛辟易灌溉勤桔槔枝葉戒剪剔寄語龍頭人
鋤金未許逼

上元日偕弟南英登西樵翠岩

新興相攜正不羣滿岡抽草綠紛紛長林漸噪開
春鳥深洞猶藏去臘雲洗藥靈泉橋畔汲烹茶神
火廟中分傳柑佳節尋常有山水清音那得聞

爲友人解嘲

大夢憑誰可覺迷岑樓寸木失高低宋人方喜能藏石楚客猶悲未獻雞神馬尻輪原不定靈椿朝菌總難齊莊生蝴蝶蘧蘧後休遣藩籬更觸羝

答惠州廣文陳吉士

茂陵歸臥一相如酒肆琴臺伴索居遠信忽來千里外多情常溢數行餘巷停軒馬忩湫隘榻滿蓬蒿嬾剪除慚愧故人頻問訊臨風悵望動林於

旅中再答一首

葉落庭梧又報秋月明今夜似鄜州思歸有馬不

生爲作賦無人同上樓半世蹉跎悲客況十年變幻數交遊惟君樂事家庭足苜蓿分甘雜坐稠

得林省軒書却寄

秋月皎中天對我照肝腸慷慨不能寐思君夜傍徨昔爲膠與漆今何參與商魚來遺尺素鴈繫終一方譬彼蟋蟀吟唧唧動中房誰將驚秋心遠送置河陽井桐葉自落籬菊花自芳凉飈率已厲撫物百感將殘夜月色薄別離增悲傷勗君古爲徒努力愛景光

讀仰廣叔詩感而追輓有序

叔名九霄性聰敏好學工詩同劘切十歷
寒暑弱冠復連藝采芹丙子余奉母諱叔
遊學端溪屬文輒壓流輩名噪一時食餼
後以肺疾徂竹林唱和遂無嗣響叔兄二
亦能詩仲兄先叔卒季兄亦繼叔殁母年
八十白髮悲傷噫以叔才華使天假之年
不特遠軼時賢且將上希古烈吾宗不幸
致遭天閼撫今追昔不禁慨然

狼藉遺編舊墨痕撥將殘蠹弔詩魂十年相繼凋
池艸一命無依剩背萱蘞蔓漸滋塋域冷文章長

在姓名爭朋儕涙擬山陽會爲問何人哭寢門

醉歸

醉歸山館一燈紅唧唧王孫動壁中簾幕當門輕約雨書籤垂架靜含風感懷狂舞押霜鍔隨意高眠枕爨桐却怪深源能解夢何勞咄咄更書空

登雲閣雜咏用老杜何將軍山林韻

光烱淩雲閣明河若接橋華堂開綠野文鳳下青霄經史堪供隱旌旂且待招東山謝安石拖屐自逍遙

附郭禾苗壯臨溪樹木清歲終無碩鼠春到遍鳴

鶯翦韭供周茱收梅備帝羹平臺香飯後輕扇繞

塘行

高館看山倦匡床臂自支題銘卑陋室結宇本臨

池地僻人稀到林幽鳥更知交交窗戶外相對靜

吟披

開徑新圍圃誅茅漸種花尋芳時有蝶當路更無

蛇秋菊英堪摘香醅夜可賒西樵山市近匝月半

移家

蟹舍沿溪客籬葩處處開此君偏愛竹沒骨更圖

梅閣下掛畫梅倣元人筆黃犢侵晨出閒鷗盡日來經旬樓

未下門徑長莓苔

蘿月垂如線松風响似泉茶甘逾食肉酒力勝衣綿燒燭分爐火陰房掛壁錢掩關無所事羣集撿斜川

荆樹本連理蘭叢有異香賽文焚筆硯推被共温凉完璧寧無賈脩鱗不久藏風雲特地起霖雨遍青蒼

客來羅野饌展席俯清池陶令新嘗秫山公倒著羅砌陰藏鼠婦波静見魚兒不待山陽會幽居與自隨

畫棟高臨日南山暮對雲澗泉容問路虎豹定成文投市行蹤合歸村笑語分紅塵飛不到倚檻惜紛紛

心肯爲形役悠悠將若何杜門塵語少樂事野人多老健猶辭杖兒癡近解歌趨庭陪鯉對排日兩三過

左石叔攜碁來訪留酌訂詩翼日石叔贈詩一首次韻奉畣

交擬忘年半載餘切磨不自計瑕瑜幸邀青眼有時轉長把高風與古俱碁敵已甘輸別墅酒兵猶

欲借成都獨慚禁臠無由近空抱胡盧細付廚

陳仰兼勞潤之訂歸登西樵越日仰兼病不

果

君不見北山移文謝逋客塵容俗狀歸不得愧余久抱山靈羞何意君今亦掃迹嚴程將發阻二豎喘氣奔騰不可息拄策前途行路難西樵可望不可即勞君相對思翛然度置芒鞵掛蠟屐語云約不到羅浮東樵廣東新語羅浮一名東樵西樵原一脉出山泉水非本性衝霧玄豹失潔澤百慮煎熬胸臆中妄想枕流復漱石入山恐為山鬼笑中心耿耿休相

憶蕭摵涼風透戶間驟聞雄辨資嗢噱從來福地
藉人傳此意於君寧不識我神爲馬尻爲輪掉鞅
八荒無鞚勒斗室可作臥遊計獨爲西樵增歎惜
古今名士有幾輩轉瞬百年如旦夕不如意事十
八九佳遊勝事曷能逆七十二峯之靈聞吾言長
夜臨風應嘖嘖

曉行

烟郭迷離一望低芒鞵衝路出村西林梢日早紅
初抹野艸春遲綠未齊估客連羣方向市耕牛帶
犢已臨溪何如山館雲深鎖曙色連床聽鳥啼

莫春

一刻千金買得無蔫花弱柳倩誰扶青雲屐濕階
徐歷白袷衣輕體漸蘇鳥過巫山悲蜀帝人歸金
谷弔齊奴繁華天地終銷歇愁聽殘鶯酒滿壺

贈福山黃司馬

一麾出守粵江濱十載鑾坡視草人青瑣獨賡龍
誥重紫微兼綰虎符新官衙水飲汾流潔（汾水在福山東北）鮫室珠還海國春下榻幸隨徐穉後幾回卜夜
醉周醇

題江州司馬聽琵琶圖

胍胍江流水調新波光搖漾掌中身湘靈鼓瑟應懤悵只見峰青不見人

西風老淚濕衫襟相對滄江惹恨深不是詞人共牢落蘆花明月更誰尋

苦雨篇

苦雨復苦雨雨深泥沒跗身不離簑笠天不識晨暮中田理殘苗跼蹐水中步萍荇左右交青青浴鷗鷺鷗鷺有餘歡農人有餘苦一望煙波深酸辛誰與訴阻饑行將及充腸賴薯芋土淖薯芋朽十葉九僵仆葵菽雖徵收紅污亦藏蠹已分塡溝中

老稚將何附生固難爲生死亦不得路何當旭日升負暄遍黎庶

悲故人

促膝維昔懽未語先浩歎老成已凋謝骨肉如雲散舊室他人入僦舍依廛閈力薄難賃舂短衣不掩骭禁風以枵腹日夜愁漫漫乞食雖諱貧交游終見憚管鮑貧時交此事等塵案曾讀蘇公詩薄少助朝爨途窮遭眼白山陽惜共鍛坎壈有盛名業休廢塗半請看翳桑人高風千古爛

秋日遣興兼懷阮學海

卜宅南村力尚慳素心空抱九秋閒殘菱貼水青將退脩竹經風影漸刪畀飯更誰尋舊雨鼓琴猶自志高山瀧東極目征鴻遠千里雲羅幾日還

西樵紀遊三十首

一辭塵市便梯雲山路紆迴旋磨紋十里登臨初放眼村村烟火亂林曛

半山亭路接壓巖雲厂高懸歲月移鐵鎖多年扳不到女蘿山鬼嘯聲悲

石牌村路入雲斜艸色葳蕤似若耶村口日高茶女出半枝梅蕚鬢脣遮

釣臺秋盡艸淒淒澗水東流日向西珠樹夾橋雲
鎖斷白羊歸牧路應迷
鬼劈天開見翠巖嵐深露重洞門緘如珠瀑雨紛
飛落濕遍吳中白紵衫
拒霜花吐入秋紅吹落橫橋片片屜蟻線路通行
盡處碧雲（村名）雞犬在空中
山腰微墮見炊煙風景居然太古前豈爲避秦方
到此傳聞溪韭自堯年
兩三茅屋倚高邱天外烟霞面面收艸木陰深人
跡絕只將榮落辨春秋

岧嶤科嶺俯羣峯高割陰陽似岱宗決眥遠窮邕管外九疑翠接萬千重

眼底浮漚海色蒼江門樓接楚雲黃碧玉樓楚雲臺都在江門

楚雲臺白沙子望李世卿逴

泉流分派朝宗定江永何曾不可方

山多足繭未周名到處峯陰入太清搔首問天誰李白空餘佳句謝宣城

一山踏破一山青雲谷雲端屐未停雲谷雲端俱村名花過女墻人不見傍林山館晝長扃

達官誰卜寶峯居一夜禪雲散四虛今日青山餘

幾疊何人猶識霍尚書
雲路(村名)南來過接乘(菴名)禪花日重氣如蒸拈來微
笑原多事金砌還須護寶繩(金砌寶繩連李嶠句)
千載吾儒道自尊江門支派子長存(李抱真字子長白沙門人)
鄭鄉猶紀康成蹟雲路無君只一村
書舍棲雲不掩扉白雲飛去復飛歸人心不滅雲
心嬾日日和雲坐翠微
鞭絲帽影夕陽孤身上倪迂晚畫圖噴玉(岩名)仙蒲
稱九節洑流澆采石邊蘇
看山當曉倍鮮新處處山青未著人第一峯亭初

見日海門波浪淼無垠

講學岩虚艸色班平蕪甜戯鳥關關愛聽經卷惟

頑石猶望先生再鑄顔

醍醐佳味少分甘西竺殘僧住敝庵西竺庵在山西四大

空虚無坐處客行山鳥叫懐南

鑿開山腹水衝撞石燕翩躚幾百雙穴處不知秋

社過年年歸夢客心降

風高水落石痕乾疑是鞭驅斧劈殘峭壁千尋梯

一線羊腸蜀道未知難

山林勝事數前朝北面天門萬里遥試上仰宸臺

上望彩雲如帶綰山腰
白雲古寺梳流高筧竹橫厨水引槽涸鮒西江誰
許借分符日調兩三遭
板橋三折襯吟鞋雲洞烟深信袖排杜宇未開三
月豔長松千股墮危釵
尋幽幾度結朋來曲水爭流不盡杯命句分頭鐫
石上任教狂簡未須裁
絕壁懸龕類燕巢當牕挂瀑雨花交風流前輩悲
銷歇誰復棲遲擬結茅
石枕銷凡石名在碧玉岩上足浩歌萬山如馬赴晴波洪

流百丈吟邊壯休事桓伊叫奈何
怒石嵌空碧玉尖（岩名）滿山岩勢獨森嚴泉如奔馬
風如虎驚起雲龍未許潛
山風一角散平林耳底猶餘碧澗音幽意從來關
不住幾番回首翠雲深

欹器圖

成周天子敬緝熙立如齋兮坐如尸高拱法宫大
居正刀劍戸牖皆銘詞皇皇大廟陳手澤夏瑚商
璉金雞彝法物迴非耳目玩宥座有器器曰欹嘗
聞此器滿覆虛欹中正尼父孰挈瓶小知休假

人慎哉招損與出餘歆器埋沒幾千年清廟穆穆
同風烟何人丹青遺一幅凜凜古色猶班然湯盤
孔鼎有銷歇歆器尚可留一箋博物君子杜武庫
分刌幻眇做周度後代仙人及水芝神物苦心附
鐫塑雄文組織李衞公佩德永懷君子衷綴筆著
意餉來者想像終恨語未工何如寶軸充席珍今
無其器存其神臭味屏絕嗜慾淨畫車未許稱爲
鄰卷舒隨時不膠柱戒滿誓欲追先民高懸左右
嚴對越警惕豈但如書紳一端古絹意磅礴朦朧
懿戒空紛綸我聞成周遺石鼓辟雍寶貴如璠璵

虫書鳥跡字不没頑鈍未足鋮砭人披圖爲我覓歆器玩物不敢喪厥志傳之宗祊千萬秋庶識聖人有深意

書杜少陵偶題詩後

杜陵有賢人文章足千古才大心轉小慷慨追前武萬彙陶胸中三百爲鼻祖建安歷元康文釆但儀羽伏讀偶題篇脈絡何縷縷前溯詩之源後傷客夔府攤卷誦萬遍手足蹈且舞向嗜莒郕羹忽得味齊魯大嚼慰饞涎脂腴生肺腑豈但誦其詩神復遊其宇混沌爲鑿開不覺失聾瞽始知萬丈光

變態未可譜其員自成規規其方自成矩大匠老斵
輪糟粕非所取還向問寸心乞靈謝訓詁

燕再巢

不厭寒門又卜居呢喃頡頏遶檐除高棲縱有通
侯第舊壘難忘仲蔚廬帶雨啣泥花徑熟斜陽歸
夢玳梁虛數椽但得將雛樂底用瞻烏歎所如

左子際作憂歲詩柬家大夫配堂伯次元韻
一首

水毀金穰事不恒今年布穀幾時登青稀隴首秧
針隱白滿田隈浪馬騰貧病已堅原氏節循良還

望漢官能代庖每欲遒尊俎車乘翹翹畏友朋

贈左子際兼爲留别

皁帽藜床漢管寧與君異代兩忘形十年作客頭
將白四海何人眼共青命句有懷常問月憂時無
遇倍占星閒雲一片誰拘束留閉芸窗護講經

鷺

籠自山陰影未孤毿衣短脛類沙鳧鬥心縱負桓
南郡廉節何慚恭大夫青艸淡烟供飲啄玉池斜
日應傳呼紛紛鶴鶴投江嶼爲問飛羅避得無

程敎先惠端硯酬以四絶兼簡羅璧中陳矢

亭

錄别心情鬱五年無端闖見喜如顛判花唇頰猶風韻何事秋霜上鬢邊

板橋西折暫停雲羊城三板橋壁申所居敘先矢亭寓焉也有猪肝地主勤坑硯題詩巾漉酒個中滋味欲平分

芳訊登堂次第通蓮花深幕幾人同元龍湖海伊川月收入江東一座中

端州蓄硯寶於金珍重貽來割愛深何日麝煤香滿處與君談藝復談心

已丑冬赴都謁選左子際以詩贈行步韻却

復此山邊與水邊爲君壽悵滯吟船西牕剪燭無

寄

多日南浦銷魂又半年爪拙求官雖試割惜陰耽學馬加鞭他年並轡韓京兆不羨金臺郭隗賢

淸談雄辯齒牙芬入海相逢自不羣簾下元龜參斗漢（子際賣卜禪山）胸中五嶽起烟雲愁城方結連江壘酒陣偏張背水軍但得習池名姓在未須山簡醉中聞

有約看山事已誣但憑膠漆卜中孚翠巖花少尋春屐庾嶺梅添踏雪圖風卷晴雲賓雁遠月涵滄

海臥龍孤欲知別後相思處詩在囊中酒在壺

度嶺卽事

丞相曲江賢人工却補天梅關開百粤金鑑仰千年地氣分南北花枝驗後先祠堂舊題額翹首悵茫然張相祠古扁題南相鼻祖四字無欵識想是宋元遺跡僧因朽擲去余惜之勸令重修復立

山店酒帘張當爐女手香食單兼黍稻柏葉半青黃藏粒螳成陣梯空鴈續行勞人同草草回馭愧王陽

鄱陽夜泊

河堧漠漠素沙晞薄暮維舟近釣磯廬阜雪銷山脊瘦宮亭風起浪花肥關嚴榷側稽遲過夢怯征魂斷續飛爭似檣烏無管束一輪明月照雙歸

次彭澤縣

宮亭東下大江平彭澤城邊載酒行栗里已無松菊主秋田空附馬牛耕隨風泛梗征夫夢帶日投林倦鳥情景物不殊人事改折腰千古愧先生

吳中懷古

天塹悠悠設險深十年作客此登臨蒼茫斷岸蘆烟合浩蕩長空海氣侵北顧江山鷗鷺夢南朝花

木帝王心風流未識偏安困孤負金湯仔細尋
嶺頭梅別初冬月江左山看落日風天到東南王
氣薄地連吳楚霸圖雄瓊枝有鳥歌還在詹井無
人艸自豐俯仰六朝多少恨不堪寒雨夜推蓬

潮聲

遙遙隨月湧送響到孤襟萬壑夜飛葉空江寒鼓
琴蕭條黄葦岸散誕老漁心達曉不歸去和歌烟
際深

夜泊青山頭

溟色籠沙水正平三更潮起又風生蝸頭縮被眠

無語鴈齒連船翻有聲曉雨乍收將發棹前途先數未來程江天闊路相延佇欲踏金鰲背上行

胯下橋

天困英雄正玉成少年市上最聰明不因一辱淮陰後胯下憑誰爲紀名

陳後宮辭

對鏡君王笑已休胭脂井上野烟浮佳人續命徒憎命天子無愁亦有愁玉樹歌酣宮月夜石頭兵湧陣雲秋才華當日推江令不向臨春借箸籌

早發

征鐸發遙嚮驛馬心已馳騑騮輕棧豆選俊遡廷闈我今在行役望雲何牽思匪憚道路長怯彼霜雪威親年半百餘晨夕當相依遠遊逐微祿何以報春暉雛鳳食竹實鳴鳩在桑枝脊鳥各有適遊子何無依昨日江復河今日輪與蹄風塵亦云瘁跋涉未有期願無常倚門北山方采薇

謁孟夫子廟

彌天浩氣薄風雲截斷從橫捭闔羣學問到頭鄒魯合功名反手霸王分三遷家教存機杼五百薪傳續見聞鵠立井欄瞻拜地嚴嚴長對嶧山君

過柳下惠墓

風鐸郎當上古原千秋仰止一神存兵連齊魯昭忠信壟在王侯失貴尊直道本難容季世蔽賢何必罪臧孫荒烟漠漠宗邦改坏土猶堪認故園

宿汶上縣

涓涓汶上水婉婉善辭費茲茲芳躅沉僕僕征夫至賢愚判古今出處各由義祿養誠夙欽爵服無常庇所尚相與觀何為自膠滯芟除食肉謀砥礪懸魚志車乘謝友朋禹回可易地

己丑小除時寓制署

五嶺南來客枝棲節使家風塵雖暫息羈旅正無涯糖祭官厨灶燈開子夜花遙憐兒女事金橘頌年華

作客才三月稽程已八千路岐陽子泣歲晏屈生憐吟興添梅後春心動雪前星回將復旦準備送窮篇

雨後出都

一出都門萬綠饒又逢甘雨洗塵囂望帘落影風將定碾埒含光水未消毛義豈貪負捧檄相如常恐負題橋枯魚若可長銜索經始東山不費招

高唐道中小憇

暫停修軫散吟蹤鳴犢河西濮水東不斷柳烟籠古戍無邊麥浪拍遥空濟南名士雲山隔齊右歌聲里巷通欲訪田宣棲隱地白衣何處野花紅

縣署口占呈幕中諸公

琴堂終日有碁聲想見江淮長吏清花下無悰一消遣不知秋日枕江城

書生頭署宰官銜慙媿疎慵事不諳賴有絃歌遺敎在時時閒唱望江南

奉調入闈闈防承恩寺

紺宇嚴扃滿院風齋房不許老僧同機鋒自悟禪
心定眼界誰參佛國空寶砌秋蛩吟切切靈臺花
雨散濛濛諸天久入光明藏豈滯人間色相中
信宿招提感慨增那堪牛首問高僧經堂半下風
塵榻佛火空傳供養燈塗壁猩光紅漸褪覆梁鴛
影綠猶層如何衲子逃禪寂一鉢窮年策倦藤
衡文蒇事少宰曹地山給諫汪芍陂二前輩
招飲詩以話别次元韻奉畣
千古文章貴自知持衡何况是經師秋光晶炯懸
雙鑑儒雅風流備四時立水臥龍珠入網碧霄翔

鳳羽爲儀搜羅猶恐遺餘力夜夜城南逐漏遲校讎陪入匠門中恰與劉蔡問字同堂上詩書嘗麴糵胸中谿徑剪蒿蓬鐵胎就冶方彌月星使旋槎已信風玉尺歸來謝
天子金臺市駿定推公

爲涂繡峰明府作

隨牒江淮五月餘棘闈初見馬相如口翻文浪西江水（繡峰靖安人）手校藜光秘閣書（繡峯癸未庶常令巢縣）萬卷分經朝對賞三間蔡佐夜聯居詩懷豪放驅星斗（繡峯癸主司韻有珠聯璧合三江會六點南台仰二公之句）不倩傍人頌子虛

宿棲霞寺

風月秋更清況此深山中攝山山之勝足蘭猶難窮攜伴歸僧房松濤撼四空清磬時一聲明月在高峰尋僧談六朝寂寂將誰同

又

僧紹創盛軌仲璋接高躅千載有盛名芳蹤不可續有客遠北山移文難卒讀何如烟霞人邱壑願易足爲我撞晨鍾快醒蕉隍鹿

郊行

陽春恩澤深生意滿繡甸來蕣發新青淡蕩東風

扇春裘稱體輕飛花撲人面提壺備濁清農夫接
歡宴長官不叱人閭閻樂其便日夕歸田家童歌
送餘善

花朝前四日承金起山刺史招賞桃花路出
東郊得律句二首

旭日窺檐靜東風扇體和宦情山吏少春色野人
多村塢苔生綠溪橋水自波陰森彌勒寺縣東僧公言開堂說法處清磬出重蘿
蕩蕩長江遠畇畇禹甸清蒼松歙古寺綠艸上春
城酒引朋簪盍花臨馬首平山閒憑眺處一嘯作

鸞聲

辛卯簾官初換紫筆與同年汪大晴初戲作

正是中書護紫微一枝朗耀照南離光隨太乙吹

藜夜艷似江郎入夢時蘸水作勻初日色脫藍猶

繫去年思（庚寅分校猶用藍筆）揮毫自奪朱衣點毋復冬烘

笈主司

東臺王明府攜吏入闈能詩主司彭芸楣賞

其染香集贈三絕句余奇其遇成五十六

字柬同好者

牢落風塵卅載長珠涵淵影劍涵光青山古道悲

行役秋水秦淮弔夕陽集中發句容泛秦淮諸篇俱有寓意雅曲正隨仙令譜清詞新染侍臣香金陵他日成佳話知是門生第幾行

黃悅嶺在江浦縣後山

筍輿循悅麓落日射山坳村外牛歸笛林端鳥護巢孤城懸近斗薄宦繫如匏差勝揚雄閣卑棲少見嘲

項王廟

拔山氣槩古難齊太息江頭日又低鉅鹿未能安社稷鴻溝空自劃東西固陵飲帳悲歌斷野廟秋

聲老樹淒獨有英風常颯颯夜深猶似馬長嘶

宿和尚庄房偶題

江干信宿假僧房寂歷闌心丙夜長學失漸知詩律退愁多不覺酒兵狂籠鵝古帖裝秦錦睡鴨熏爐上越香卅載疲津纔永夕候人鞍馬又何忙

壬辰歲朝渡江作

一官縛束大江漘孤負韶華四十春當社未調塩肉手閫歌空慕割鷄人蒼龍郊外朝迎歲元旦立春白鷺洲邊晚渡津何似老漁深港裏屠蘇醉罷自緡綸

贈體元上人二首

獨雨添春寂尋僧問隔林松門開月小蓮幕下雲
深說法花猶散浮江葦未沈醍醐應滿沼欲假滌
塵襟

畫寫簷邊雨書翻架上風無心隨物態得意奪天
工艸色將抽絲梅粧未卸紅眼前花世界參入暮
禪中

重登攝山

白袷衣輕風更飄大雄寶殿雨蕭蕭青山終古留
千佛芳艸何人問六朝丈室未移會宿榻短墻將

過欲開蕉倚欄惆悵春三月願與閒雲訂久要

古廟偶成

偶來宿古廟松月逗疎陰雙臂斜支几孤巢夜見禽楓林經露薄客思到秋深不信邊庭苦丁東隔院砧

壬辰中秋漫興

三年江左中秋月兩度籐官一在家佳興幾時能領略秋光隨分作生涯東西座上賢人酒早晚籬澆處士花得一日閒間一日莫教雙鬢染霜華

三山

三山巖嶪峙中流江左鴻圖據上游海馬騰空頻
矯鬣巨鰲嬉日午昂頭瀟湘西望人千里吳越南
飛鴈九秋俯仰江關愁客思白門楓落暮颼颼

丹陽道中

昨日吟鞭指甕城金山落日雁飛鳴無端又向奔
牛路鴨嘴船頭打槳行

呂城東望鎖雲寒吳下當年刮目看今日停舟弔
荒壘一灣新月照河干

正月三日渡江

春到才三日寒溫氣候非長堤銷雪瘦遠樹抱烟

肥跋涉朝正使嵘茸卒歲衣扁舟誰共濟垂釣羨
蘆碕

雨夜遣興

雨氣徐倢單父弦春衾寒擁未成眠勑厨供酒消
長夜下筆無書悔少年潤氣潛滋鉏麥地同雲深
釀養花天明朝文案無他事先定農夫報歲篇

望茅山

金陵南下首頻翹聞說茅峰蹟未遥綠艸已封丹
灶泠碧池猶豢素龍驕山深玄豹多藏霧身隱銀
魚不繫腰何日蒙頭分絳帕道書深洞讀春宵

潤州

倏風吹雨到江鄉日日江樓晚興長帆影參差來白下櫓聲摇曳過丹陽洲城未斷悲秋角山寺時聞入定香欲訪橋頭許丁卯無窮烟水路茫茫

潤州遊甘露寺

昨日江頭雨未停今朝甘露踏春晴花橋蹀躞連錢馬柳岍間關出谷鶯北固烟嵐常繞郭西津鷗鷺好尋盟名山久負逋逃債到處酬償恨未清

躋磴攀林且浩歌秪園往事近如何江干已失看經閣（山上多景樓相傳關公）夜看春秋處近被水圯山下空傳溜馬坡瑜

亮徒然分水火孫劉漫自結絲蘿陰平入後臨平
闕添得詩人感慨多

金山

玉帶橋邊碧蘚滋金鼇背上晚風吹廣陵潮色歸
禪榻建業山光落酒巵帶月鐘聲鬟外動凌雲塔
影鏡中移鈍根終乞歌姬院老衲何緣得再遺

寒食即事

賣餳簫管入雲悲又是春城禁火時桃露著花無
剩片柳風吹絮不停枝村嬉響送鞦韆急墦祭人
歸欲段遲三載江南寒食客年年鄉夢結遥思

郊行雜興

江浦雷聲昨夜喧今朝欵段出東門濤松歷歷青
山路風柳依依白鳥村自笑雨行何用聖誰知石
在卽能言逢人便問平反否怕有巫咸下問寃

白馬寺

西域馱經白馬隤迦藍原自洛陽開何年刼火楞
嚴爐又化金身玉浦來

定山高聳接雲霞詩壁龍蛇想白沙寺內石刻聯句詩陳白沙眞蹟
俗學回頭皆不晚何曾結習著天花定山先生讀山谷詩俗學定知回首晚句恍然反悟於道

曠口山廻綠樹連舊時人物已風烟惟餘一帋鰲山疏膾炙人間二百年

平山晚眺有懷陳古漁

江晚平山靜登臨思杳然舩帆千片雪驢鐸一聲烟日落黃昏後秋生白露前相思人不見雲黯石城邊

田家曉興

如花楓葉暎朝暾幾叠秋山繪小村繫犢半眠場外艸晚菘小摘屋邊園洲頭葭菼收無稅浦口魚蝦賣上門恰值隣翁謀卯飲駝驢添掛入城罇

鴿鈴

誰家花鴿暗飛聲欲寫家書寄穗城又恐飛奴飛不到倚欄惆悵白雲生

雪過石磧橋寄同年陳梅亭主政

小隊籃輿繞郭從玉花濃密失高舂長林拔地參差下矮屋循崕次第封川陌鴉翻無遁影石橋人過有遺蹤剡溪咫尺仍千里岫幌雲關隔幾重

昔滕王元嬰工畫蝴蝶劉魯風見而賞之江浦成氏女能詩善丹青畫蝶尤稱絕技偶得一頁題七絕一首紀之

珠浦風流擅女郎聰明豈但冠釵行他年彤管流
芳處應續元嬰一瓣香

理菊

官臨滁之五載時和民樂公餘讀書自娛
籬邊種菊偶值風急有憔悴偃艸者余憐
其品高受困爰護持之作詩一首

萬物有本性隨意適其真昨夜西風深籬菊頗傷
神朝來理厥苗秋氣侵裾巾信步循廊簷悠悠思
古人努力守寒官薄俸休嫌貧行當尋方鞠用障
元規塵

甲午秋山左賊匪滋擾節相調兵防禦彭城

余送兵南譙有作

太平天子正當陽何物妖魔覷上方行見當輪雙

臂折無勞射鼠六鈞張格苗久矣欽虞帝解網還

期祝聖湯笑我雖非投筆吏亦將書劍事戎行

遊醉翁亭

一路南譙秋景闌登臨喜得趁征鞍亭臺自問樵

夫易山水重尋太守難花以人傳香不斷樹因翁

醉色猶丹飛觴曲澗憑誰酌強拉殘僧語石欄

歐公梅

曲水飛觴罷唱酬更尋手澤到堂幽康成書帶會名鄭永叔梅花合姓歐幾歷星霜無歲月自甘巢許不公侯花下額題花中巢許四字他年若被輪軒採何媿棠陰召伯留

雪茗用門人阮逵巳韻柬顧萊村

酒入冬來價未平聊將雪茗禱先生摳衣擁篲階同掃候火添薪鼎自烹七碗氣蒸蓮幕暖六花香噴講帷清鵰毛雀舌皆仙品莫遣爲奴酪後傾

乙未正月偕宋六合龍溪凌溧水書臬洪高淳丹泉各明府于役姑蘇林句容珠浦同

年留飲別後却寄

春日上蘇臺東風共連騎曉歷淳化關薄暮勾曲至主人倒屣迎歡喜輒把臂不速客爲三笑如來其四登堂揖主人又似五星聚郎官應列宿相笑稱盛事何以永今宵斗酒爲君備尖臍醉春麴早韭下鹽豉冬菹兩三盤一一足痂嗜合歡能幾時人生能幾醉出處無殊途所遇貴適志無爲華陽隱空復吊名利努力泛椒觴康衢同攬轡

舟次丹徒河淺復阻雨兩日有作

不見人村不見天埋頭獨坐似枯禪春潮已失灘

前信晚飯重禁爨下烟賴有微酬謀永夕更無些事妬高眠但愁金盡床頭冷誰贈明朝食料錢

丹徒道中遇雪

水程幾日換山程行盡延陵雪未晴地合作迷京口路天開微見潤州城蒼茫古刹橫梅重浩蕩平沙落鴈輕燈節恰逢村市樂寒光夾道刺人明

發龍潭

曉發龍潭驛春寒雪未消雞聲渾一片山路不成條欲訪袁安宅言尋鄭五橋相思雲水隔松栢白蕭蕭

閨怨 限藏一二三四五六七八九十百千萬雙半丈尺寸等十八字并限韻

九微燈燼冷青溪二八蟾光半丈西四馬一嘶三月柳十年雙淚五更雞寸心織錦千行客竟體裁衣七尺齊離緒百端人萬里六時愁聽杜鵑啼

闌干百尺九灣溪七八花枝日半西對鏡愁循千丈髮捲簾妬舞一雙雞十三絃柱聲將斷二六巫峰夢不齊寸五香燒思萬種淒涼都向四星啼

榆錢 試題限青字

春老鶯殘榆葉零滿空飛莢似錢青通神紫闥雖能入買笑香閨恨不靈金埒印泥欺古蘚玉池颭

水亂浮萍前身本是天家種歷歷檐端訝落星

閶門人項集生凶信一首

弱冠才高惜遇岐棘闈垂白始揚眉正欣龍劍歸雷煥忽抱牙琴哭子期展墓已驚迷宿草寄書猶倩訂新詩獨憖無力推風雅空學前人說項斯

書笠澤叢書後

紅蓼蒼葭伴釣身天隨處處適天眞因嫌猿鶴羞逋客故向江湖作散人顧渚買山開後社鬱林遺石紀先臣何時甫里尋芳徑空對殘編自愴神

百靈鳥（小雀俗稱百靈名不顯于羽族身瘦毛黃無足奇異衆鳥音韻鼓其唇吻）

均能曲肖因此得名而被罾繳雀不自知也昔劉夢得作百舌吟因爲詩一首寄意

順籠挨檻且棲遲意緒常懷楚客悲自昔語言能致累無端口舌尚忘疲銀罌玉粒邀新寵綠樹春山憶故知爭奈主人情義重刷翎何日是歸期

垂虹亭春曉

衆櫓濠灣西復東載將曙色到垂虹煙籠寺塔全規白日射城樓一抹紅放鴨响傳蘆斷水歸漁腥過網船風無端百丈官塘急誰惜春光似轉蓬

平望

千家樓閣矗塘隅四面春波蘸玉壺水滙溪河趨

泖澱地連吳越控蘇湖牽風蒓線條條絲晒日魚鵬鸕鷀善没水捉魚俗呼為魚鵬个个烏魯望無蹤季鷹老與誰放鴨復烹鱸

舟中遣懷

蘧賢千古嗣音稀五十誰知四十非蠶力已輸嫌繭薄蚌胎未滿責珠肥帆檣盡日隨征岸簑笠何年上釣磯欲訪鴟夷雲水渺夢魂猶逐五湖飛

過洞庭宿西山

四圍煙水混鴻濛一片征帆但信風心跡撥開天地外夢魂飛入鷺鷗中魚書昨日來鮎口蠟屐無

期上石公咫尺名山偏負約十年慚愧類飄蓬

二月再役西山胥口放船口號

柳岸沙堤古戍根迷離煙雨卽黃昏東風一別靈巖塔春草重尋甪里村甪里先生故居在洞庭山西山甪頭司巡檢轄腹連林巢鸛鶴湖漘浮石湧黿鼉二山名闔閭霸業空爭長祇博鴟夷姓字存

遊石公山用容峻菴司馬韻

聞說山形怪莫描幾番有約負春橋渼陂今日移仙櫂赤壁同誰聽洞簫幽谷雨過鶯韻濕碧池風起劍光搖山上有劍池礪石鶴澗歸雲洞各名勝買山此便堪投足

五斗何因尚折腰

歸雲洞同司馬范五峯友人鄧霦龍暝傳珏

石儔龔樂山賦限山字

古洞陰深碧蘚斑白雲與我一般閒無心觸石離仍合有態隨風去復還到處籠花迷客路幾時將雨過他山句留竟日忘歸晚迴首斜陽照佛顏

西洞庭石彌勒佛用友人鄧筠江韻

星沉隕石釋迦收成佛湖西結願稠紺宇裝金迷色相包山抱璞閱春秋似從飛錫淩仙鶴不擬揞機翼女牛莫道此身頑未化生公曾點受經頭

題高郵刺史楊賓圃五兄洗硯圖

先公手澤貽佳硯磨洗應知引慶長兩代文章歸
治譜卅年心跡寄詩囊生徒絳院傳碑綠風雨鶯
湖帶墨香笠澤也知遺愛在後來追步賦甘棠

遊西湖之作

僦舍湖湄三兩宵扁舟幾度信迴橋千層馬鬣山
分股一片魚鱗水半腰丹灶草豐秋寂寂鶴亭樹
老夜蕭蕭風流獨有垂堤柳歲歲長條復短條

辛丑冬移任鼓城留別笠澤諸子兼呈山長王
西莊光祿

洞庭津曉淨無煙擗擋琴書載一船敢道臣心清
似水免教爾室愧於天簷前去日塵中馬眼底行
人箭上弦記取垂虹亭名題別意相期齊着祖生鞭
春風曾記過鶖湖玉筍斑斑與不孤著述每揮燕
許筆推敲常斷賈韓鬚游楊一脉歸伊洛郭李同
舟入畫圖他日龎山花滿地未知猶憶種人無
講帷七載得經師剪燭連宵快賞奇曾匠運斤無
曲木矢漁出水盡探驪羨公三策知名早悵我雙
尊問字遲雨雪不遑重捧擲幾回握手歎臨岐
橋畔驪歌向夕曛壺漿遮道意殷殷珠還合浦君

思我市駿金臺我待君歷歷吳山懷落月茫茫燕
樹望連雲莫愁南北音塵隔兩地相看雁一羣

和韻　王鳴盛

百里花村接爨煙相呼走送使君船循聲公自
超三輔遺愛人爭說二天春雨行車褰露輞畫
簾臥閣靜琴弦攀轅借寇渾無計惟願雙旌緩
一鞭

襦袴歡聲徧五朗交章薦剡動公孤一麾北極
來丹詔千騎東方未白鬚望緊定難羈駿足扶
搖佇看奮鵬圖載酆立雪諸桃李翹首長亭感

不無
冰鑑人倫幸得師幾番南國採英奇搴芳不襍
蘭和艾相馬都忘牡與驪最喜江鄉邀煦拂却
慙賓榻禮衰遲頻年同坐春風裏此際分襟惜
路岐
書田夙昔探朝曛虎觀雞林屬望殷競擬才人
是仙吏從知慈父亦神君罇前錄別扳哀柳去
後相思眺暮雲回憶論文舊遊地不禁振觸為
離羣

碧霞書屋詩鈔下卷

南海 梁昌聖 拜善

和左子際除夕

迎歲香煙餞臘風又陳燈酒竈門紅愁因獨醒須長醉貧自能甘莫送窮修禮夜闌儺事散祭詩情重故人同打灰求願勾吳俗懷刺明朝幾處通

九日途中作

爲誰濡滯去遲遲戀棧寧同老馬兒節屆三秋年易過人當五十命應知丹楓墮露山如繪白鴈排雲路不岐怪我萸樽還獨酌登高頓負弟兄期

馬上漫成

柳梢明月照霜痕薄暮人家各閉門漠漠煙郊車馬路前林燈火又何村

和左子際赤城寄懷原韻

燕南燕北結遥思婉孌追懷季女飢射兎霜天新對酒（漢光武射兎處在州南又名石佛兎）垂虹（亭名在吳江）煙樹舊題詩百年散誕無多日十畝耕耘亟失時毛鬢易班人易老未應猶自觸藩籬

謁唐丞相鄭國公魏徵祠

迴望昭陵感至尊老臣骨鯁氣猶存功名伯仲分

房杜兄弟干戈惜建元一代從龍推國士當年逐鹿憫中原先生去矣人亡鑑惆悵松楸鳥雀喧

過漢眭衡故里

駸駸載驟賦南征漢相村邊踏雪行秖爲思親遺印綬敢云抗疏薄功名壁偷燈火堅窮志圖誤提封枉盜情眭衡以盜土坐免見漢書本傳停軫不勝懷古意幾時重聽讀書聲

歸途漫成

旅枕纔安夢未醒提鞭又復响軺鈴雪光一片連齊魯車葢戒行戴月星已約鷺鷗尋舊潞不煩鍾

鼎勒新銘歸裝漫道眞寒窘詩滿奚囊酒滿瓶

過袁安故里

勒馬陰平正月新鶯花憑弔汝陽人籌邊十疏明經畬累世三公臥雪身壞榻田家仍父老斷碑客路只風塵不須重相書生地宛洛皇州亦棘榛

鶴

遠視高肩鳳鳥儔滄江明月足淹留如何香稻圍朱檻空引長吭想素鷗橋畔雪深華表冷汀前葭老洞庭秋梳翎合趁颷風去丹頂年年傲白頭

淸江浦南下

黃河一渡北南分帬袷行舟趂夕曛漠漠湖光連
邵伯茫茫樹色表將軍寶應塘樹五株今上封護國將軍歸帆尚
掛三江月鄉夢常飛五嶺雲二十四橋明日過玉
鉤斜去弔花墳

弔門人唐承華號芝園

書札江南問好春忽聞召賦幾經旬秋蘭佩處思
君子白馬來時哭故人流水牙琴從絕調連城和
璧竟埋塵寢門遙隔生芻薄目極雲間一愴神

乙巳二月自鼓城告歸旅寓吳門西莊先生
贈詩錄別次韻奉答

馬帳風流講院張七年奇字問金閶自從隨牒移
幾甸日日神遊霽月傍
思親歸路望南雲二月風光意倍殷曾惜別來詩
思溢山塘停櫂又尋君
蠟炬宵籠燼絳條上津橋畔共招邀分明立雪人
還在咫尺程門路不遥
恩沭螭頭雨露施東山歸臥養風規從遊弟子多
頤解共道匡衡善說詩
聲望文章中外推泰山喬嶽仰崔嵬閒情近許盟
鷗鷺盡日江頭覓句回

魚魯深知誤後生，怏看全史校讐精。先生時輯十七史商榷
琅函願乞分嘉惠，莫以炎方負海盟。
征帆又掛赴堂闈，皐座長懸道貌肥。後會可能重
訂否，幾番老泪濕春衣。
還山自分谷中愚，多謝先生太奬譽。頑鐵未能長
就冶，遙看吳劍總難如。

櫓聲

嘔鵶柔櫓隔江湄，不在桃枝在柳枝。旅枕半欹回
夢處，漁扉斜掩夕陽時。寒山鐘定聽將近，赤壁舷
鳴和轉遲。一夜爲誰渾不住，無窮烟路歎凄其。

寄懷王西莊光祿兼送家比部蘭汀集

胥水西頭虎阜東匠門別後思何窮七年人遂登龍願千里心隨附驥雄珠海幾更新歲月蘭汀還有舊家風一緘嶺外殷懃寄乞與靈丹點鐵同

哭亡友崔基長

伐木酬歌歲綺紈懸壺小隱杏花殘分金我幸曾逢鮑己丑余謁選乏力亡友出貲相助賣藥人驚乍失韓亡友善岐黃術存活甚衆豈是服珠方不驗可憐瘞玉土纏乾素車白馬歸來晚淚洒西風蕙帳寒

悼亡

負戴相依卅載長下堂不自計糟糠衡寒龜手朝三澣茹苦搘機夜七襄已謝組圭同避跡那堪蘭麝自埋香珠江淚滿嗟何及一度相思一斷腸錯嫁黠婁終不悔藁砧山上聽加山顏開非爲如皐射機斷曾因廢學還嘉木傷根偏再實孺人有男五女二文魚比目竟成鰥生無長物眞孤負遺掛荆釵尚壁間

哭林省軒組

奪席談經老未休冷官隨分寄新州文章珠海推威鳳士庶崧臺奉祝鳩仙夢已隨蝴蝶化清詩猶

爲荔枝留省軒有荔枝七律三十首膾炙人口載酹立雪諸桃李對泣春風類楚囚

梗萍聚散廿年長握手驚看鬢有霜馬帳篝燈欣接席蘭舟落日憶連檣前歲余攜內人奔外父喪途遇省軒返署過船話舊未幾內人棄世省軒遠唁令甫一載省軒亦逝撫事傷懷益增悽愴開樽空對山翁酒入座猶聞荀令香欲賦招魂悲宋玉人間天上兩茫茫

己酉夏偕李叢谷靳健中遊海幢却寄海公上人

放棹珠江路不遐卅年重訪海幢花堂深歲月燈

猶餤人老風塵鬢漸華卓錫曾留眞面目博山老人作今無二字成小影一幅贊曰一幅素紙兩条墨痕呼牛作馬旋乾轉坤識得斯人眞面目便是維摩不二門後二十五年今無禪師生又三十年今無訪博山墨跡得其小影于浙西僧舍大笑曰我已住寶刹五十餘年矣乞此軸遂歸焉海公爲余述此今無殊有夙根云傳衣還有舊袈裟殷勤相對歡相識那計歸途日已斜

羅浮藥市 得羅字

酒田近被追逋債扶病閒從藥市過山觀雲封丹灶冷石樓風捲竹箬多紫芝有路花相引瘖虎無聲鳥自歌仙守往來原不定幾時雙燕再張羅

廉州珠市 得廉字

作客南交歲久淹，市頭日報蚌珠添。靈胎豈倩鮫人泣，生計全憑太守廉。流水偶形圓折媚，沉淵終避暗投嫌。自從買櫝瀟湘去，依舊光芒射翠奩。

哭家曜石孳

滇池萬里路紆修，一度招魂一度愁。母在竟將身許國，官貧僅得首歸邱。三冬霜雪驚分鴈，六月風雷憶覆舟（辛巳南歸至沛舟覆，曜石與難，皆幸無恙）。患難弟兄生死隔，隻雞遙奠當椎牛。

海光和尚退院詩以誌喜

卓錫河干作偈新，近聞瓶鉢得傳人。九根清靜超

羣刼三學機鋒謝衆因貝葉羅花堪却老粥魚茶板足忘貧郭家蘭圃曾相憶訪古何當拂砌塵

余閒居寡營抱疴感事門無五柳飲酒竊負淵明家之羣鵝學書深慙逸少輙鮒難需遠水綆短汲長夏蟲不可語冰羣分類聚夢尋穴蟻醒視浮雲詩不求工語惟遣悶

咏文房四寶

咏紙

質本詞園貴澄〻心製獨新廉方惟有汝輕薄未如人增價嫌成賦塗鴉漫點塵浣花同皎潔焉用與

文身

咏筆

共道如椽力斯文海內宗豈知多掣肘所向輒藏鋒架謝珊瑚貴床仍翡翠重班超投去後青管細腰封

咏墨

煤麝甄陶久胎胚歷劫深草玄依史閣守黑重儒林不啓丹黃口惟存松栢心消磨雖有數還望惜如金

咏硯

幾度欲焚汝其如手澤何受田應力墾厲世敢辭磨瀏海人將老文章債愈多端州家尚在無計賦槃阿

咏家池柳

曾於行役賦依依近對池邊無是非欲舞身隨流水照好眠心與折腰違生憎驛路征鞭擾最愛春風乳燕飛莫笑不材同散木高蹤長伴釣漁磯

贈上舍范達漢

才高偏畏簡書徵豹隱獅岡宿霧蒸機事久忘新抱甕（公近于從化闢庄園爲菟裘計）匠心長苦舊從繩（郡縣學宮重脩公總

理前後十餘載義門競長叢生竹公三代未析產社學爭燈公楚獅岡社學至今人文蔚起他日輶軒皆可採史篇應久重增

辛亥冬送菊坡張郡伯入覲

汾晉山河毓堯都岳牧生名郎森列宿驄馬貴專城春到梅關暖風移香浦清八年欣借寇回首不勝情

捐俸崇鱣序論文振士林一時輪奐頌千古聖賢心鸚鵡休停筆鴛鴦正度針自今留化雨桃李定成陰

甘棠周召虎岐麥漢張堪上考馳燕北新歌遍嶺南羽書催捧檄花地望停驂盡道離杯下山泉可酌貪

驪歌催幾疊攜榼走村農車挽襟難判舟輕石可容徵官曾附驥乾隆四十七年三月菊坡以刑郎出守南雄余自笠澤量移鼓城引見日前後同班庶士近登龍共仰星回日牙高粤秀峯

東李函谷

楚些吳歈久厭聞刀圭無術幸逢君三家文苑傳中葉百戰詩塲冠白雲門席遠辭車馬迹釣蓬長狎鷺鷗羣日來雨漲風波險高臥松窗對夕曛

六十遣興

負薪被褐本由天，老矣無能亦黯然。居似蝸牛慙甲第，頭如遼豕悔丁年。車多豈敢療秦痔，客少何勞計鄭氈。六十蹉跎魚未得，雨風簑笠輒忘筌。

幾回畏壘事庚桑，飽餌煙霞濯肺腸。馮婦不堪重搏虎（時左臂痛），楚王何必見屠羊。晨星落落兼風雨，乳鷹嬛嬛又雪霜。莫更據鞍誇矍鑠，良弓無事久應藏。

拱北樓覽古

盱盱高樓四望開，楊孚宅畔粤王臺。仙人秉穗南

郊入漢使呼鸞北道來黃木艤舟盧橘植白鷺泛酒荔枝杯老夫霸業滄桑變未抵春潮去復回府志

呼鑾南漢劉龔事劉隱鎮南海龔爲副使五代史

響落銅壺刻漏痕嘲風重疊指天閶虞翻苑囿圍花塔楊僕樓船駐石門香澗采蒲猶有路青山包錦是何村金裝歸去無消息惟見叢祠俎豆尊

重午龍舟賽鳳船泮塘荷葉正田田井中煙雨連霄漢墓上花魂逐市塵望氣有樓懷郭氏黑甜無枕夢蘇仙風流往事多哀歇漠漠南園比屋邊

香浦漫漫日夜流雨深炎夏似涼秋坡山鍾定炊

煙沒鬱水臺高夕照浮萬里海風催舶趠三更江月動蠻謳昌華歌舞成追憶目極扶胥詠四愁

長歌行

綠樹臨方池春光正徘徊良苗滿繡甸萬彙養恢台奄忽秋氣至焜黃華葉摧繁會曾幾時渥丹顏已頹去日水東流況兼風浪催淼淼將奚之狂瀾挽不回

短歌行

人生年命譬若朝霜由貴逮賤修短難量誰識生寄同戀夢鄉綺羅絲竹曲眉洞房晦淫惑疾樂且

未央服食引年止沸揚湯招魂接踵蒿里茲茲晏安鴆毒君子憂傷

刈稻詞

中田稻色已垂金不負農家望歲心聞說揮鐮加轉月好教挃挃趁秋陰

刈稻連根帶葉收葉根充爨米蒸浮一年辛苦垂垂過始得分甘上箸頭

短鋌長鐮劃穫頻薦新須計早收新近來黃雀猖狂甚只見膏粱不見人

束藙著戟護田隈雀去仍防碩鼠來莫更蹉跎過

後夜連羣壓擔月中回
獵獵村箕簸晚風果然粒食賜天公豐年盡道籌
車滿莫笑豚蹄祝土功
衆星歷歷玉衡長卒歲田家事事忙好繪豳風重
入獻況今
天子重農桑

善哉行

智士循名義士守節東海投竿西山采薇解一貴賤
崇朝得失旋踵有初鮮終急流退勇解二鵬鷃相笑
夔蚿相憐無鑿混沌聽其自然解三來日已少去日

已多日昃之離鼓缶而歌四解星移物換代易人殊武公進德收之桑榆五解蓬瀛神仙航海求之蕩蕩無垠相遇何期六解

秦淮曲

十載秦淮客裏經柳絲長帶六朝青笙歌夢醒三更月髣髴瓊枝奏後庭

桃葉渡頭春水新惜春無限踏春人誰尋江令青溪宅風過河橋起白蘋

烏衣雲散冷高門王氏青箱杳不存開國中山王異姓祇今籓府問瞻園

北里新詞歌院語莫教黃鵠怨聲參秋光好句傳

彤管河水冰清照阿男阮亭詩棲鴉流水空蕭瑟不見題詩紀阿男註阿男秋柳詩云棲鴉流水點秋光詩人伯紫之妹也漁洋詩話阿男名映淮後適呂州杜氏以節聞伯紫與余書云公詩即史乃以青鐙白髮之嫠婦與莫愁桃葉同列後人其謂之何余謝之後人爲儀郎乃力主覆疏旌其閭笑曰聊以懺悔少年綺語之過

社日雨

年來充耳如聾丞社酒方傳治聾靈阿誰爲我傾一瓶故人遠隔三重廳況值社公厭舊水社雨正好澆塵冥霏微伐鼓聲動地漸歷均肉刀無停忽驚涎涎玄鳥至鷹房不見飛東青吁嗟乎一年能

幾醉社日不問聾否無須醒君不見竹林賢人酒
百斛曾無餘瀝到地下之劉伶

感舊詩 有序

先君與孝廉陳念祖敬士同貢成均交莫
易暮年惑于黠商附名鹽筴產破而坳逋
敬士白鏹四百子半之乃郎上舍炳然篤
舊雨棄子錢并母錢四分之一焚券紀以
三絕

覆雨翻雲日幾回紛紛輕薄總難猜祇知楚越分
肝胆忿却寒冰覆翼來

錡斧征東缺未休无虞即鹿故親愁　君家生死
交情在（宋陳大年事）不止前賢與麥舟
盡是屠門大嚼時那分毚兔與香貍見彈尚欲求
鴞炙何況張羅有雉離

癸丑春日訪余相叅白雲洞講院不値却寄

鶴怨深山蕙帳空塵容重問白雲叢荆扉剝啄斜
陽入蠟屐蹣跚曲磴通閴寂堂堦沿帶草尊崇皐
座滿春風何當剪韭三湖畔共對巖花蘊玉（岩名）紅
僂指陰光歎逝波莫拋歲月負羲娥舊交碩果年
年少新進前魚處處多此日伐檀餐不素他時借

算計如何憑君休學吾樗散門戶歸來有雀羅

剪韭

綠畦結屋枕溪斜剪韭春初處士家二十七般佳品在不妨貧甚更無鮭

課刈草

羊求蹤跡僅堪容三徑歸來草漸封雖有亂蛙成鼓吹却嫌當道引蛇蚉

從來滋蔓苦難圖莫比心茅乍有無周室官還分薙氏秣駒何況待生芻

雨後出雲日軒繞塘野望

繞廓山青雨後添東南田畝水將淹魚簑牧笠延
緣共穀犬桑鳩遠近兼洲荔日含丹著火池萍風
約鏡開匳盤飧留客無佳味喜報家園筍吐尖

寄題季英三弟講院

舞雩沂水曳春衣不飽春遊不賦歸詩苦漫嫌工
部瘦道甘終見卜商肥天空鑑物無飛躍月旦評
人有是非滋味阿兄猶記取爲驅升斗輒相違
駃雨東南萬綠齊樵峯高翠水村低烏犍並臥榕
爲幕白鷺羣飛浪作梯茹苦不謀新徙藿偷光時
向舊燃藜升沈雖謝嚴遵卜起舞還應聽夜雞

輕颸拂拂動簾箔無事公卿貴不如揭甕東家千日酒搴帷南面百城書空閒洄鮒呼莊叟未見神龜放豫且醉讀離騷應自醒紉蘭餐菊吊三閭生涯同望硯田收手段輸君造鳳樓作字抗行王大令問經虛座賈長頭青成自合教藍謝齊傅須防誤楚咻三尺雪深猶鵠立程門千古是楊游

左子際輓詞

作誄安仁爲愴懷青囊君自枉安排子際精星學嘗自謂年可古稀十年風月推敲共一夕人琴問訊乖瘞玉漸迷原上草枯桐眞作爨邊柴他時志乘徵遺逸蹤跡

如公是古儕

可歎倣李玉溪

可歎經樓歲月徂幾時玉女到清都酒亾自悔安蛇足齒痛誰爲拔虎鬚休望漢庭栽苜蓿擬從吳地臥菰蘆渥洼天馬鹽車困莫待張弧始脫弧

題徐鶴籌秋庭弄孫圖 有序

徐小山兄弟篤孝工詩隱居穗石西陲讀書養親恬澹自樂親圽繪圖瞻依孺慕弗輟編翰張菿房掇含飴樂趣四字顏厥幀首余亦獻四絕焉㫺乾隆癸丑中秋前一

日也

君家宮體擅南朝千古流風嶺海遙天上石麟重

下降秋光摩頂鬢鬟嬌

春暉寸草報稱深不愧丁蘭刻木心豈是劬亶

邱壑桐枝應待鳳鸞吟

雲洞騷壇見白眉說詩匡鼎遜佳兒調飴繞膝孫

曾慣共道而翁輒解頤

瓶花砌草瑞煙凝偕老人間未易能白髮及秋庭真

蹟在笙歌何用望西陵

搗藥篇寄友人

我生寒苦蒲柳姿齒髮那敢鬬蛇龜月食太倉四斗米青精餽飯嗟無期請急不待馬生角歸山無地容錐卓藥筒長挂韓伯休刀圭慎守孫思邈西風昨夜攬林扉羅浮羽客黃獨肥遺我一筐教駐景餘香搗罷侵裾衣士安羸瘵何心惻家貧差强肉食墨當歸底用曹瞞封換骨金丹不計直醫門多疾語荒唐但恨不得逢長桑橘井無修綆玉冊懸空囊聖人絕學如蜩螗嗚呼聖人絕學如蜩螗

書懷

采製荷裳擗蕙櫋葯房秋入倍淸妍謀生但畜三

年艾附郭原無二頃田鄰地錦圍金谷障蜀山銅
鑄鄧家錢到頭富貴爲身累祇是當前各惘然

鵲巢有感

繞樹無依月正西防巢高結倚雲霓銜柴感頴空
辛苦祇爲鳴鳩作穩棲

何六榕湖七十雙壽徵詩

白鶴千載毛毿豐雌雄上下鳴春風目接神交不
衰老擬其殊品將誰同西樵本是神仙窟鶴子松
公標仙骨　先生家住西樵西身中毛髓三洗伐
如寶郤氏有嘉耦我負子戴棲南畝絳帕讀書夜

蒙頭提甕衝寒曉龜手劭德不慙詔吏老端人頌
遍鄉邦卩五羊太守皆陳蕃下榻雄談相左右一
時賓主美東南陋居記室鍾嶸後沙茭昔動萑苻
煙大吏捕治如螟蝝鴻才覓猛襄蓮幕秋肅亦寓
春温權我時隨牒繫笠澤家書傳說心欣然今歸
謬托金蘭契咫尺千里郄生懸堂堂歲月電光馳
先生七十雙龐眉階前玉樹亭亭立頖宮壁沼
交柯枝爲語金公木母歡銜卮雲洞猿鶴長相思
多恐三湖主人有文移北隴南嶽嘲歸遲君不見
襄陽龐德公鹿門偕隱采藥高跡今昭垂

贈劉扶山

縞紵歡投葢作傾不慙中壘後賢聲盈盈公府奏家壻濯濯儒巾棘下生書庫重修香火社扶山居古朗太平社家多藏書時稱太平書庫蝸居新訂鷺鷗盟扶山小齋題曰蝸寄何須水部誇東閣卌首梅花集句成

范達漢惠米賦荅

裹飯分茶事久稀黔婁生計近全非忽傳江米長腰到喜見奚奴赤脚飛筍席啓緘流玉粒土鬵炊爨煖柴扉憑君但得觧枵腹底用朱門肉食肥

歲暮詩三章用東坡韻

饋歲

歸田息營營，窮歲無通佐。傷哉趙元叔，文籍非囊貨。園圃雖微收，藷芋小不大。饋歲無長物，耽吟但高臥。東家與西舍，錦繡時接座。臧獲紛往還，不絕螘旋磨。豈知隙中駒，貴賤同一過。爲詩類皇荂，曲終亦寡和。

別歲

故轍努力守歲事多稽遲往者不可諫來者猶可追昨日迎土牛春色回天涯造物有代謝爲歡當及時豈無椒漿熟亦有羔羊肥莫謂新歲樂卽爲

暮歲悲頹然御酒肉爛醉君休辭人生貴適志那
計興與衰

守歲

庸人恆自擾有如畫足蛇歲序功成退誰能爲要
遮况當垂盡時卜夜將如何打灰屬無謂驅儺增
讙譁守歲同阿咸更轉鼓不撾坐恐星斗沒起著
香烟斜亦知歲不與人生戒蹉跎一刻猶千金古
賢非誕誇

題族伯偉廣先生畫像有引

庚申冬吕入小學族伯偉廣先生口授四

子青循循不倦伯每舌耕遠出歲暮乃歸執經問字弗輟乙亥族叔仰廣與昌同補弟子員伯喜甚叔工詩伯與唱和昌亦學步其間伯嘗以大小阮調之居無何叔卒昌作挽詞落句云回首竹林悲往事不堪細雨立黃昏伯爲愴然今昌年逾知非投簪引疾伯墓宿草長孫上駒捧尊照屬題軸端撫今追昔不勝風流頓盡之感

中庭趁蝶授經時靄靄春風第次吹何待蓬萊東
海上柳吟花醉亦情移

文孫家業嫏嬛在弟子彭宣到後堂豈是元都桃
滿觀空教去後憶劉郎

移竹

長鑱白柄撥疎籬半畝移陰竹最宜鑿土謹防傷
暗笋沿溪編援護新枝豈同橘實踰淮變不擬楂
材產蜀遲旬月龍兒含萬籜栢松峭蒨結相知

蕉聲

綠天陰翳碧窓空一片清音滿院同當戶濛濛誰
審雨循墻獵獵自成風經堂响觸談鋒動竹簟凉
侵睡課融擬把餘聲呼夢覺免隨隍鹿笑愚蒙

東皇百物巧吹噓青瑣門邊聒耳餘翠葉乍鳴疑
落筆芳心徐展若開書竹非同調彈何礙雪本無
聲晝不如最是晚凉新霽後倚天高韻下脩除

喜比部甄春圃省墓二首

暫遂初衣被寵光森森列宿仰名郎棘林丹筆除
妖鳥槐市清風接瘦羊北闕曉鐘停撒佩南窓晚
搦引壺觴言歡應共如泥醉莫謂齋期犯太常
阡表蕉峯奠命新淚枯宰樹正回春許孜山鹿知
深避蕭放庭烏定更馴自古功名如失馬祇今歲
月似奔輪珠江舊有移家約香浦花田待問津

唾花步李函谷元韻

唾香花豔雨難同幻出佳人奪化工蘭氣乍沾衫
暈濕春容長帶齒痕紅水來巳滅龍孫火波及還
吹燕尾風繡口若教時借潤更無姊妹妬中宮
和鍾鳳石積雨淹屋知巳潤絕遺懷東同社

原韻

浹旬禁苦雨煙水没莬皐杜夢空思李蘇詩愧和
陶有枝皆病柳無樹可餘桃惟覺蛙添鼓園池滿
艾蒿
屢見商羊舞終愁蝃蝀間沿流皆海屋問路失賢

闌斗室涵今古蝸居并觸蠻歌聲金石出休管濵如山

水天渾一色縹緲剩危樓鳫戶炊煙斷魚蠻午夢愁倦鴉何處晚衰稼幾時秋我亦同飄落余家西樵北亦決隄淹浸蒹葭阻溯游

和葉花谿新栁三絕

隄邊柳色嫩金成風刮眉梢若有聲爲惜春光容易過綠陰留待到清明

一般雨線並煙條薄翠輕黃僅半腰惟有寬人青眼在風流先自歷南朝

白門迴憶夜烏啼暖入桑絲挂水西一似細腰初
試舞壽春已遍赤花蹄

送季英北上選謁

弱冠覯羣書卓犖敦徵尚計偕逢戊申三十年方
壯強仕倏已催蒲輪復北向俯仰何躊躇枯魚啣
索上歲凶骨復屯伉儷還凋喪衆雛袒褐寒天吳
紛偃仰家貧不擇祿斯語誠匪妄努力報春暉求
田非志養飛雪彩鷁前梅花夾行帳看乘宗愨風
破此萬里浪

乙卯正月四日鍾孝廉鳳石同李函谷醉訪

徐小山昆玉訂修社事作詩二章和者幾遍

西園次韻奉柬

共酌屠蘇破歲凝東風習習草離離四羊日影鞦韆處三板橋鳳石家板橋頭橫酩酊時人度清平金馬曲花牽兄弟石麟枝興酣也步邯鄲後蹤躡攜笻不告疲

浪跡煙霞白髮新欲尋詹尹拂龜詢駑駘秋棧羞前馬童冠春衣畏後人鴻爪踏殘終是夢鶴糧分盡莫言貧椒盤隨分循陔樂休向浮名更問因

鳳石原唱

一晤詩人喜便癡却嫌拱揖太支離分題尚擁
經年債袖刺忩懷被酒時池草有香留好夢庭
荆無樹不連枝眉囊肯赴尋春約未許奚奴告
小疲時隨李函谷世執過訪
醉眼隨歸月色新笑承扶杖一垂詢喜聆益友
親高士借誦佳章悅老人小山出拜翁世伯除夕唱和詩見示小
有舊醅堪待客但過殘臘輒忩貧往還逐隊春
宵慣却憶賡酬未了因

鳳石疊韻荅謝余亦疊韻報之

反牧投閒久病癡疏慵思與世相離散材自分無

求日甘井誰知有竭時東狗早烹家洗爵南欒新
甲藥添枝望衡更喜元常在每就臨池總忘疲
商頌歌聲金石新軒車曲巷不教詢沿塘路熟知
高士擁戶花深絕外人芳節唾珠增社價錦囊引
玉補官貧何須乞食腰還折情話追陪共結因

鳳石疊韻

不斷耽吟隔歲凝接闊底用悵羣離麒麟天上
曾占瑞（來詩云花牽兄弟石麟枝謂小山昆玉也）文藻闢東獨冠時
下里正慙爭和曲老梅眞有著花枝案頭合貯
薔薇露萬遍揮毫未覺疲

玉屑清霏結響新擬攜奇字酒邊詢青蓮浪跡
諧狂客來詩云人度清平金馬曲謂李丈函谷也元亮歸來狎社人
藥市懸壺權作隱硯田謀養始能貧綺章肯借
金針度弄月吟風磬夙因

乙卯人日同李函谷訪徐小山昆玉小山用
鍾鳳石四日詩韻作詩紀慶仍叠前韻奉
答

碌碌浮生若夢癡梗萍聚少苦多離老來結伴稀
同輩醉去尋芳貴及時日暖款關春有脚情真握
手語無枝珊瑚架筆君家業相對揮毫坐不疲

評花品竹放歌新不棄蒭蕘亦下詢素褐漸疎捫
蝨客黃柑先約聽鶯入酒壚卜肆堪乘興繇勝金
花未稱貧回首江南成一夢良辰孤負果何因

水後歲歉歸鄉有感

頹垣破礎沒叢條十里春愁接眼饒野豕涉波曾
白蹢歲星滛次又玄枵召平東郭空瓜蔓陶令南
山失豆苗間訪昔年遊釣處浪痕猶自挂林腰

丈室

蒿蓬不剪亂蛙邊十笏剛成丈室偏差喜杜門疎
翟客更宜安枕夢盧仙日融鼠婦睎苔髮雨甚蝸

牛上硯田廣厦萬間雖可庇無功那敢重貪天

題南華經卷後　同用四支

太息縱横六國時寓言觸類卽相遺蛇行秋水憐
無足豹隱春山患有皮索解不須勞向郭全身久
已附支離玄珠千古誰求得笑殺縣疣指著枝

口占寄荅南英三弟時受鹽筴遺累

一紙千金五管書漫云離雉網全除卽今猶有求
林者喪馬分明尚不如

出村口號

揚柑鳴橈出荻洲紅鉦初日挂梢頭輕風客路迴

羊角小院誰家老菟裘未必同舟猶敵國分明大地亦浮漚無才追賦滕王閣也望江神減石尤

讀五代史偶成絕句六首

南唐宮詞

界畫長江勢本孤廟謨猶自講浮圖齊雲舟便金陵降照鏡何勞歎白鬚

前蜀宮詞

白鹿黃龍遍兩川共云嘉瑞本由天如何一唱甘州後無復抛毬更射錢

後蜀宮詞

熒惑飛躔未見凶劍門割據古來雄那堪七寶裝
溺器還怪無人箭向東

南漢宮詞

連雲珠殿暎昌華原是封州舊刺家一自降帆歸
汴水餘香祗有墓田花

楚宮詞

荒晏湘南數會春何曾九殿有龍身武陵溪洞蠻
兵入兄弟分頭屬外人

吳越宮詞

三節還鄉駟馬飛百年霸業未全非春來花滿錢

塘路猶是將軍掛錦衣

上舍范達漢輓詞

琴碎人亡恨不平寢門長咽故交聲詩書縱貧生前債泮璧終傳死後名府縣學皆達漢手葺劇金六七萬鉅工前後計十餘載庚子日斜悲太傅巳辰歲在哭康成傷心此事同今古泰岱鴻毛各重輕

少微星隕師山暮慘淡雲旗護百靈野老望碑羣淚墮村舂相杵衆謳停十年知已能留劍一對佳兒不罄瓶名士自來曾荷鍤料應含笑及泉扃

荅李時芳穆之見贈之作即用原韻

故山歸臥散樗同敢擬華陽列閣崇嶺上停雲聊
自娛齊門抱瑟爲誰工堆書万笑般薑鼠遺札翻
憐愛墨蟲多謝汝南高月旦祇虞阿好未全公

山陰吳延樂簡堂和余村居十詠賦答

廉纖春雨拜瑤華露浣薔薇展墨花調得濩韶消
咋嗜引來珠玉配蒹葭會忝筆陣循蘭渚簡堂工書爲
愛樵風住若耶炎海偶然留雪爪延陵高韻遍天
涯

書懷用鍾而齋原韻

騎省潘郎鬢已殘熱腸何尚不知寒文章入市琴

應碎口腹依人劍莫彈穀博臧書同是誤周妻何
肉各爲歡張衡應悶徒多事但指桑麻即話端

哭鍾而齋

褭褭青衫負早名十年以長仰吾兄從橫蘇子書
初上草木桐君錄已成論古詞鋒無與敵攻堅心
力尚孤征板橋流水連芳圃直接高蹤潁上濤
南轅北轍苦分張會面難如參與商婉孌斯飢憐
季女倥傯隨牒愧名郎人情皆賀添前馬心性誰
鞭落後羊中隱豈能如小隱尋幽愁未爲肩囊
老病年來始卜居數椽附郭接精廬已分佝漏丹

砂訣余內人病公脈洞見疾原復惠醫律校讎贋本還訪靈威素字書余自吳歸公問訊東西洞庭古蹟麈揚滿蒿迷仲蔚金莖無露及相如遺編留與仕兒續登倩中官薦子虛

春杯回憶醉華筵繞樹新吟酒壓箋共喜序題桃李夜忽驚歲在巳辰年是歲丙辰低枝易挂延陵劍素軫難調子敬絃惱斷寸腸蘇刺史隔塘哀動碧荷天

醉秋亭 有序

城西三板橋頭有鍾家園塘方而橢渠引河水通潮汐蒔菜澆花接果不用桔槔汲

引稱便鍾而齋安之塘角構亭亭東曲廊書幌夾林蘭塢迤北列屋而居亭西循涯百卉叢雜橘友荔奴交陰蔽日枕塘有葯房芝蘭氣味依風集人令嗣鳳石孝廉近復繞亭環植拒霜秋日花開紅暎亭面顏曰醉秋夫秋爲萬寶告成春則百花競放鳳石以名其亭葢不忘家丞秋實之意云同社賦詩紀事余用韋左司韻亦賦一章以柬同好詩曰

展席坐亭隅散誕忘主客塘水引河渠積翠上階

石潮起晚凉生挈瓶謀永夕落花掃不開屐過時
留迹

奠芹詞 有序

內子麥宜人性聰慧喜人讀書南北隨任
十餘載余以官事紛糾宜人每以兒輩業
荒爲懼督課夜分不寐丙辰秋五兒夢澤
遊泮恨宜人不及見作奠芹詞以誌哀感
兼勵諸兒

十年愁聽雉朝飛落葉重扃問訊稀剝啄捷音來
泮沼繐帷猶是昔人非

拚於魂夢共相羊，對酒當歌轉自傷。神女幾曾浮洛水，爲憐繡枕賦陳王。

人世何香是反魂，祇應生死不孤恩。他年視草鑾坡夜，勤省當時畫荻痕。

李函谷孿生賦贈

英物充懷繡褓齊，龍眠家勢接城西。洞房香水盆分浴，饋面新詞手並題。寶樹交柯空衆木，鶴雛對舞共羣雛。降祥已遺雙蘭兆（函谷卜居數載，蘭未著花，今冬素心忽挺一枝兩朵，識者知爲吉報），底用寧馨一再啼。

登訶林經閣有作

赤華幽廠篆烟斜獨上經樓感慨賒金色未彫南
漢塔蠅聲空吊仲翔家浮生幻夢埋隍鹿晏歲光
陰赴壑蛇刼外逍遥慚臥佛願將簪笏換袈裟

贈謝立山太史四首 有引

肇慶文學謝啓祚年百歲與賓興計偕授
簡翰庚戌復以五代同堂赴千叟宴邀賞
御書晉秩編修遣官賜額今丁巳不計閏
一百五歲矣康强尚如壯年作詩紀慶

閬苑移來寶樹根不規甲子友乾坤遠通茅許論
家世平揖彭聃作弟昆句洞開鑪丹轉火星台遊

屐齒留痕高風久薄羊裘釣鸞鵲何因下九閽

公孤薦剡動交章南極星光乍吐芒仙仗暫離蔬

蹻地賢旌催入鷺鵷行著英首據千人座供奉先

稱萬歲觴不待蟠桃重著子巨靈偷覷是東方

巳聽句臚又降麻　主恩重疊荷無涯普天醉共

春臺酒五代香分上苑花踏軟從容誇步健賜衣

爛熳照顛華東王仙籍應增入同上飛雲樓名在府東

泛紫霞

長晝開筵著酒紅問安點領錦成叢庭幃愛日榮

三接父老瞻雲頌四聰玉署他年傳掌故簞門從

此振衰窮巴歈擬當南飛曲意慈淹遲愧叩銅

鍾鳳石園林丁巳閏六颶風作長篇見貽以

藥酒龍眼膏副之即用原韻答謝

夏晝長如小年日短榻橫眠攤飯畢剝剝啄啄門
聲疾攝屨趨迴趨譍將出書筒紅染覺若漆小奚擎
來香滿室開緘鑿窒噴鼻尖羽調不數昔昔鹽蓬
心棘手病日痼薔薇浣誦如攻砭操危況有荔奴
助炙公狂飲貪無廉兀然而醉憬然悟劉伶不學
學陶潛迴數昔遊頻仰屋日月含光薄蒸爓而翁
道骨高難扳大夢早醒埋隍鹿結構小園自天地

時花書幌閒且肅朋儕連襼日聯吟每聞雄辨均
舌縮圜亭猶是昔人非何日敲金重戛玉詩言屏
翳東風顛玆園亦頗擢蔬藪珠海賢人鳳石才前
修接武戒勝災書城南面坐兀兀天吳閃屍從喧
遂濡毫對景還命句筆下颼颼驚風雷迺卽昌黎
論文貴氣盛豪懷揮灑何壯哉痛飲高歌千萬遍
汩汩不覺心花開

野望步鳳石韻

繞郭浮晴漾溪橫接小橋風行疑有雨水定若無
潮林木村莊老犂鉏歲月消幽人在何處心目與

俱遙

書楊椒山集後

豺狼當道衆官邪獨立朝端浩氣加兩疏批鱗扶社稷九刑有膽却蚺蛇鈴山餧鬼埋荒草西市奸魂哭暮笳賜謚旌祠昭不朽慰君泉壤有光華

石泉郭明府榮星垣貽書賦荅

似爲臨邛賣酒來明府在成都置妾巴陵迢遞寸心裁雪鴻宦迹堂堂去錦瑟年華故故催石室欲尋高朕學長門誰買馬卿才籬東憁扎花無主莫滯瞿唐灩澦堆

自遣

日斜落木聽哀蟬衰髮臨秋倍黯然老至不知年
有限愁多翻恨酒無權窮魚得水雖同貫驚鳥投
林尚惡弦刺促欲休休未得單棲分付與寥天

讀王濬傳

萬里龍驤下石頭降文開壁手親收火燒已遣西
藩折風利誰爲批岍留鴻鵠臣心當日遂青蠅君
側幾時休角巾私第雖高着竿木逢場不自由

錢嘲

堪怪長輿抱癖深買名從古薄黃金如兒且漫誇

親愛縱得通神負此心

持籌蔽篚日悤悤但覺熏人氣有銅無路賣文終

有路未應摧折坐天窮

呉生燎光字殿垣別字荷屋頗窘童試和余

垂虹題別草工甚時未報也丁巳始補弟

子員詩以紀慶通籍後改名榮光

延陵高步倚天關詞藻南施北宋間幾載盤泥伸

尺蠖中閨樂府唱刀環老行應讓駒千里少作曾

窺豹一斑謂呉生和余詩何日東溪同訪古錦瀾沿月弄

潺湲燎光家佛山東溪錦瀾俱佛山古蹟

內人忌日

哀斷重泉迴不聞紙灰殘蝶落紛紛水天舊話三更夢羅綺前身一片雲室似王丞眠對藥才慙孫子祭無文年年此日傷心酒愁酌寒花酹細君

書劉越石傳

胡沙漠漠四郊陰欲起瘡夷少固心十載先鞭慙祖逖百年後事附盧諶可憐骨肉同京觀頓使幽幷歎陸沉休恨晉陽清嘯地銅駞荆棘露霜深

贈劉心齋暨淑配梁孺人

翠羽梅花共醉春羅浮蔦鮑是前身當年刺史歸

何處仙跡句留認刼塵
服玉相攜更服珠水天舊話事非迂飛還香浦雙
雙似冬雪春雲掛隱壺
紫府丹成跨鶴來秦樓簫管正徘徊彩衣對舞天
應喜不待投壺笑始開
上林珠樹散枝柯掩暎瑤階照巨羅天祿校書家
業在定應摛藻侍鑾坡

哭姪霖祥

嶺祖曠世豪創垂獨肩荷鳩居八十秋天闕無流
播前溪蔭修竹後圃勤樹課荔奴數十高榕冪松

濤和鬱葱列障屏竹塹幽以檀邇來形勢傷致爾羅此禍昌黎報耿蘭玉節涔涔墮爾父五管遙天長魚鳫左念之每心酸吁嗟愁則那地老天亦荒物薄情多叵爾少尚如此蒼蒼何有我揮涕醱一觴淒風起堀堁

戊午元旦試筆

老態橫生點黐間湘東休眩管斑斑如椽看寫宜春帖借得江郎未肯還

課補種果木

理穢芟蕪剪盜庚郭駞嘉植得滋生將軍幾樹追

馮異奴婢千頭學李衡荏染餘柔君子澤才調晚籟野人情髡林童士周官禁莫更蹉跎枉地征

深塹

居然東國起長溝私饋何勞仰仲由地發有枝無斷節水縈如帶不裝鉤未應怪土獖羊出讙道防風巨骨留浹日功成春雨足亂蛙無數鼓吹幽

入樵用汪鈍翁遮字韻

猿鶴歡迎笑鬢華一年一度醉流霞逡巡香過清明酒躑躅紅開穀雨花飢鳥出林忪似客閒雲栖岫戀如家茅菴不許纖塵到列嶂晴嵐面面遮

遊大通寺

芒鞋重問舊山村古井無煙迹尚存漠漠水田松引路翩翩春服竹迎門階含宿露天花健爐擁晨香寶鴨温剔蘚婆娑前代樹寺後古柏宋僧某手植滿園橘柚亂芳昏

大通寺題季英弟館

書幌微邐曲徑幽眼前詩料不勝收名花擁艷窺亭角古柏流香泥井頭兩岍相風舸艦靜一聲橫笛綺羅秋疲津幸息招提境底事南皮始勝遊

遊樵作

杖策徐拖蠟屐來曉嵐晞日翠微開茶田村外裂裟幅花樹巖邊錦繡堆曲徑繞林如轉蟒怒泉撞石欲驚雷搜奇更眺科峯頂雲谷名村風生暮壑哀

阻風

銀濤萬頃拍遥空噫氣洶湧大塊同蓬勃忽驚飛斗沫喧豗誰與辨雌雄亂帆疑葉參差没急雨如拳歷刺通世路風波原不定蘆花深穩是漁翁

哭姪傑祥

誤汝韶華欲問天幾回命筆卽潸然竹林洗璞無多日銅柱牽車枉十年珠玉並調方可中人琴俱

碎數何偏獨憐阿父西河痛愁讀毛詩陟岵篇

得南英弟哭傑祥姪絕句却寄即用原韻

生計權輿有四休達人到處可淹留莫將兒女傷心事損却千金歲月流

陳涼斯約訪儆齋不果九日寄懷東徐小山

有約秋期累見愆遙思寧爲客無氊書多著作君袁豹官冷投閒我鄭虔霜重籬花頻落蕊天高賓鴈一唳箋扶輪北海推徐幹好與陳思賦惠然

簾影 限燈字

反挂珊瑚月乍升似空如色逗簷稜金風嫋嫋吹

難落銀蒜條條押未能匝地綺紋驚漾水上墻花
路恰循繩處陰翻恨休無處莊子不知處陰以休影處靜以息迹又
對書齋繼晷燈
一幅湘痕暮色澄步虛搖颺半沉昇徘徊蘇子題
詩月掩暎山陰聽彝燈捲雨珠樓甘晦迹留香芸
館愧無能風流放浪形骸外金穗銀鉤總莫憑
珠箔放空臨粉閣一泓湘水落寒燈三更風定留
香篆半榻晶光護法乘賈女暗窺疑灩漾燕鶵低
渡怪薝騰侵堦草色知難入斜月移花合作册
送鍾鳳石公車北上

十年桂圃數淸歡曾就公孫見穀難臭味茝蘭思帝子文章屈宋作衙官草心報日循陔遂梅萼迎春踏雪看三月轟雷驚老耳杏花猶憶醉長安

兒病憶内

臨滁山色洞庭煙十載將雛尚儼然今日六州難鑄錯夢回孤枕夜如年

雞骨無靈痘點稠本草陶弘景曰雞骨升麻治痘瘡良親心曾抱杞人憂可憐林下風期緲獨伴鰥魚矢白頭

深宵且過聽寒蟲爭奈黔嬴太不公偕隱已無土霸婦那堪敗絮對兒窮

臘尾消除暝氣勻新黃茁茁定回春祇愁端坐羣
烏子不念秦家種桂人

送主政顏心齋還　朝

謹守田園拙千金幸買鄰行吟便結侶許　國暫
閒身似蔣時開逕如周屢醉醇誰能拘請急春色
正留人

蒙泉資發育未許在山清雨澤蒼生切雲司簡在
誠千畦初抱甲十室九呼庚儤直承明問應陳蔀
屋情

自貺

千金弊帚世人情巢鷇山蚿各吐聲食肉未能知
黑白鼓琴寧復問虧成石胡秦地爭亾鹿任昉梁
臺失騎兵萬事雌雄猶不定敢云評品盡鍾嶸

懷人

撾鼓吹箎久避名相思奚但隔重城一人知已原
無恨兩美何時更合并客路馬瘏愁日落農家田
老望春生魚書目斷維摩瘦半穗寒燈夢不成

夜雨

空堦滴滴引更長帷幕潛通老枕涼百事蟻堂驚
短夢十年詩思憶重陽寒催病葉填雲壑响送枯

荷出柳塘遥想北窗高臥者擁襟兼可傲羲皇

夢故居詩 有序

辛巳南歸僦舍番禺龍騰里與前輩何西池匊芳園對宇而居迨余隨牒南北自免抵里園兩易主心常惻然己未冬夜夢返故居訪匊芳作詩得句云落花芳草無尋處醒續成之以誌鴻爪之慨云

三十年來幾播遷夢魂何事嬲鰥眠落花芳草無尋處蓬徑依稀認昔年

匊芳鄰圃久荒蕪似接遼城故大夫陳阮應劉悲

頓盡詩瓢藥臼對茶鑪

素馨花蕾

南漢風流剩此身肝腸氷雪嬾逢人掃眉漫露繁華態遮面深藏蘊藉春本是傾城仍未笑無須解語已傳神含情似憶昌華宴待與宮娥壓鬢脣

哭兒一百韻

嘉慶四五載月建子與辰黔嬴忽構禍死亡相薦臻短折我兩子天寃無罪人瑩瑩楚江產奄忽爲飈塵憶昔歲甲午母氏方震身恩勤閔鬻子鴟張山右鄰充斥走烽火渠魁王名倫羽檄日夜飛徵

兵供億頻我　皇赫斯怒殲鯢靖妖氛自愧非神禹過門不登闈呱呱聞泣子錦綳約束馴三兒雖稍長學步猶逡巡壬辰是生年類命名所因劬勞賴聖善掌上如珠珍一雙共命鳥飛集同昏晨隨牒移笠澤之無識其眞或擬超宗鳳或比孝穆麟或期黃鬚彰或希黑頭珣雖非藍田玉肯類岐陰珉維時神痘布險逆紅如茵醫師暴下之四兒欣回春三兒點稀疏胎氣稱清純家塾始授經齒牙歷歷陳蠟鳳兼騎羊優劣如二荀寸莛時一扣聞亦發金錞雞窓語咿嚘蚓竅聲吟呻弄翰學摘詞

究討恒斷斷由吳復入燕手脚苦凍皴鼓城戴鞮
國土瘠人含淳欲干代耕祿焉知難療貧終年徵
力役舍日專計句芻茭競輸挽銜尾時相轄挾雜
南北塗徧食艱與辛卞璞枉獻郢蘇貂重干秦炙
肩雖免棒堊鼻誰揮斤阿奴在膝下碌碌情亦欣
有時踏平蕪盧逐東郭毚有時觀倒刺貂舞契丹
銀如附燕臺驥似忘鏡湖蒓百年弧懸老萬里烏
私新投劾謝組簪驅車省邱墳[illegible]射勅歸舟鞦鞘
先迴輪風吹博野野水落天津津邐迤度郊端邪
許環河涽漸與牒訴遠爲歡骨肉親擬嚼冗脩菜

重斫翁子薪一區結數椽半畝抽千筠雖無子猷高聊紓任昉韡弛負緦卽炎擊缶欻傷神哀哉參語賢暮槿同萎焚耕田剩冀鈌挽車無少君傷逝難自遣愁緒如絲紛諸兒皆角立差藉解云云如何亭毒流不使鑪銅均夢恩質偉立吐論誠恂恂選作蘇翰倩爲編修蘇耘村所擇壻歡同秦贅姻何敢映冰玉所望培菅椿童埸昨下第人或比劉蕡捫腹歎嘲負摸頭慚責文鵬圖看北奮鸞影驚西分奉倩遂纏疴倉鶬無功勳本爲龍頭客忽作雲中君悲聲聒老耳誰謂無寃民夢龍原無恙社日同祭枌

緣何飅風魔倉卒迷昏昕遽爾登鬼籙溘然辭蒸
饋賦體雖稍薄眉睟勢振振士安抱羸瘵聲名流
九垠崔浩尤尫纖胸腹羅千軍胡爲丁爾躬不與
古同羣無乃游光祟或是夔魖瞋結船復縛車神
叢兼幽瀆糗粢鹽菹醢揖送皆不聞前年遭蹭跌
流血曾危瀕否極當來泰出險仍居屯吁嗟家不
造玉筋盈襟巾良友勞莪野貽書情周諄浣讀頗
自念努力思依循拊心終怦怦仰觀問蒼旻五祀
既修舉百神皆明禋媚竈雖無羊燈果亦恭寅竈
聞有砌童驕孫作齒脣供給稍不逮譙口聲如信

或者上告天詆誣爲頑嚚嬌激帝心怒降殃相磨
磷帝曰爾迂腐食古無咨詢尼父尚復爾西河堪
佩紉聖賢有同阨大塊無畦畛斯民況頹惰不能
守庚申未艾頭童班弱齡齒齡齯衆慾交胸膺三
虫攻骨筋以此蒲柳姿終作弊踣神勿爲寧謦悲
徒然勞殷勤黽惓慘天地黑靈輀香煙熏憬然開迷
瞀感戴元穹仁騷騷理喪事僕僕謀穸窀回想髫
齔時錯召九方甄目覩雙蒌媳鬱勃難舒伸惟期
餘弟昆蕃衍方松椿元宮汝清閟高阡垂不泯

答南英寄何首烏

左手持書右挽籠喧傳季叔餉山翁首烏二百年名山翁開
緘迹此堪還少白髮欺愁奈不公
鑷染兼行兩不靈青青不久復星星摸頭子羽應
添責蘿杵蒙巾恨不局

病起

癡骨兼旬起既枯芒鞋花徑杖初扶風光有態如
相待禮數無拘信自蘇熟燕穿簾重送語新茶調
水再分符西園耆舊羣相訪留煮秋棚折頸瓠

垂虹題別草近欲翻刻徐小山代覓原本不
得惠詩寄意次韻奉答

龐山七載學烹鮮少作災梨悔昔年祇爲嗜痂搜落藍（黃虛舟索覽告匱莫答）故從覆盎訪殘篇鴨欄空慕天隨子鴻爪難追玉局仙但得五湖留姓字免教人比出山泉

送廣文馮世則到任曲江

共采芹香歲綺紈欣看桃李及公門亂羊害馬才甘拙弄月吟風道本尊來鳳簫韶尋古石晨星耆舊憶西園梗萍離合眞如夢爲溯曹溪問覺源

南英弟寄懷次韻四首

盧瞳方未見種髮白催頻啼蜀鵑幾血規瀛水幸

塵青精原可膳提樹本非身補腦仙家法誰爲頒
悟人
電光生一閃歡笑未能頻本擬栖邱壑何爲墮網
塵原鴒紓難志櫪馬載馳身往事追南北終難獲
解人
添愁因節冷慰遠在書頻堦積蝸涎蘚床凝鼠篆
塵山林諧野性荷芰稱閒身歲暮牽思處惟慳對
局人
代謝看時事烟花過眼頻詩書慚歲月鬢鬚悔風
塵冷落烹鮮手支離賣藥身願君理歸櫂好作耦

耕人

姪壻吳錫廷故車駕郎中本著四兄子也遊幕滇南不遇由百色回東南英惜其落拓作詩勗之寄示次韻三首

天公剝復互陰陽誰識堅冰始履霜舊雨每因今雨念少年休遣老年忪論交裘馬非當日落魄英雄是異鄉碌碌阿奴常膝下莫將遊俠費評量

本是儒家一席珍相將反璞共歸眞如何堂上千金子忽作天涯累卵身白眼遭人時罵坐青緗托業例甘貧回頭料得花期近莫再蹉跎負好春

愧我衰慵百不成嫏嬛妙義待君明一人得友緣
知己三代掄才在好名鵬翼摶風須積厚丹鑪貯
火肯敎輕鼓吹六籍功夫到雛鳳聲如老鳳淸

寄勞二蕘野

病欺共擬息勞筋別後雙魚杳不聞梅骨蠟殘猶
帶雪日容春到已無雲夜來問字徒應立老去牽
車子並分窑勿西湖重買櫂貯將尊酒待論文

讀律髓梅詩不恰意題絕句

盡掃春紅見素懷形容今古語難諧想因花品高
無敵不待吟哦韻自佳

送給諫陳觀樓還　朝

三家已往瓣香孤此日詞壇望執瓠聲韻永明推沈謝文章元祐仰歐蘇豸冠回首修門近宰樹含春後葉敷給諫葬先人畢卽被徵忠孝並沾新雨露賡歌重製補唐虞

兩歲名山化雨施花朝祖道建華旗人當老別愁加倍詩出眞情語厭奇驄馬飛騰追往哲隱囊私淑悵何期嶺南親友如相問爲報躭書近四癡

和韻　陳昌齊觀樓

萬里歸來悵藐孤經年制淚强操瓠卷葹不死

心曾拔蟄蠖逢春氣乍蘇日到暮餘良可惜座
因乞已要先敷此行豈爲侏儒飽好看夔龍佐
聖虞
清詩餞我道先施筆陣驚看正正旗更喜箴規
兼獎借要敎臭腐變神奇行應雪爪鴻泥似歸
有烏頭馬角期約取他年讀書處一還一借兩
同癡

中和節後二日陪粤秀山長馮魚山太史西
園雅集二首

早歲蜚聲壓賈終相思迢遞斷鱗鴻文成秘省馳

三殿政出雲司被八風二月鶯花欣接席十年蹤跡歎飄蓬如今攻錯他山近乞與天龍豎指同

搖落深知老大悲別裁僞體望經師批雲抹雪心雖壯握槧懷鉛學恐遲秋蚌月虧珠不孕春蠶桑薄繭無絲鑄顏塹借鈞陶力黼黻新猷待羽儀

和韻有序　　馮敏昌魚山

辛酉余攝講粤秀是歲花朝偕同人詣城西文昌宮享祀禮成席上承拜善大兄贈七律二章余擬奉和而以事未及恝恝五載重來攝講復承見過覆誦前什獎借逾

分不勝愧歉謹卽日和答冀少贖遲緩之

愆尤兾見敎云爾 乙丑正月

大樂成時大禮終嘉詞懿鑠更厖鴻桃圜已閲

三千歲花信重看廿四風壯志詎云身伏櫪孱

生眞似首飛蓬何因更許來初地得共當時笑

語同 余與君先後皆嘗讀書此院

西州爲政劇慈悲何啻人天大導師蔀屋謳歌

仍似舊名山述作幸無遲爲逢鍾子重操引欲

繡平原正買絲珍重老成推轂意願將雕朽奉

光儀

清明有感

東郭松楸薄暮哀提籃盡道祭墦回紙錢徒自生春燒蠟燭何曾照夜臺白墮正澆兒女恨烏衣還認謝王來十年賜火成春夢誰向昆明悟刼灰

竹簟

渭川新製勝霜縑短榻橫陳瘦影纖節折累蒙噓拂力心虛能避捲舒嫌坐來林下炎應退市近湘南價倍廉何日結同嵇阮伴與君交枕夢厭厭

辛酉紀夢 有引

余由笠澤移鼓城歷今廿一年矣雪泥鴻

爪不復記憶今春夜忽夢集吴江東門泮林賓朋輿隸無一識面想老成凋謝物換星移之故悵然成絕句二首

一官七載洞庭南處處柔桑戶戶蠶二十年來通一夢長橋依舊柳毿毿

相看脉脉復冥冥一覺無言四壁扃世上蜉蝣多類此利名韁鎖幾時醒

次南莢讀史十咏韻

項羽

氣力山曾拔喑嗚廢萬千亾非爭戰罪王豈父兄

憐面目豐碑上在江邊廟口敦槃古廟前烏江遺恨水猶自匝長天

范增

楚漢雖分王去聲君臣舊義成江中謀已左天下怨難平骸骨風塵老干戈酒席生縱能行一擊何處少英明

龍且

國士登壇日中原誰並驅囊沙障一水魚鼈視千夫僞楚風雲散荒城草木俱城在山東青州將軍不可作即鹿歎无虞

張良

英風千古獨破產報韓讎黃石歸何處靑蓮歎未休五朝思故主萬戶謝新侯圯下空流水飄然物外遊

韓信

安樂原難共誰知寵若驚殺身因楚滅萌恨在齊平父子猶安忍君臣定短情犬烹東郭斃太息未能明

樊噲

戚畹將軍壯重瞳席上光無文同絳灌有勇佐平

艮不避批鱗死寧憂舞劍妨眞龍神出沒雲從笑徒忪

周亞夫

吳楚千軍壘東南半壁營臥能堅虎帳譁不動霓旌傒服綿初葉威名震舊京至今經細柳猶想對君情

馬援

援詩無固志遊牧鐙鞍親羇述分庭禮羌胡並馬塵墮鳶良可念畫虎未堪珍凛凛灘江廟經行波尚神

鄧禹

四七軍興日南陽有上功執經依令主建策冠羣雄馬渡滹沱水人栖草舍風艱難垂竹帛一一足褒崇

李廣

朔漠驚飛將南山射虎兒軍中不刁斗莫府自牙旗應有侯封日何遭尉醉時英雄安所遇休道數多奇

鶺鴒感

鶺鴒枝外本非非非非想成天識者稀龍性豈知中

散死羊羣誰料子卿歸休教愁苦衡腒腊且任俳優說瘦肥鼠飲與君同一例不能止足便危機

蕭山王徐兩太孺人雙節旌門詩　令嗣汪輝祖

乙未進士善化縣知縣

幽谷貞雜萃一家餐冰茹蘗作生涯壎篪合調歌黃鵠松竹同心息白華嶺嶠斷鴻愁子舍淇隈射鴨憶官衙寧知芳躅千秋並回數前塵涕泗加冠帔晉錫集歡悲草號忘憂敢自期共命鳥飛無隻影同功繭繅有交絲夢魂痛切枯魚索風雨栽培玉樹枝昭代　聖人崇孝治特標彤管立閨儀

徐小山詩趣刻集卽用原韻賦荅

石暈犀通病取姸敢將小技淢鎚鐫鐵期作劍須歸冶蚌待成珠始媚淵九轉尚遲燒汞火十年曾悔出山泉别裁僞體無風力且任高才各掞天

送善化馮方山赴補

蒲輪再整出鄉關領袖羣英孰可攀但使猰貐懸太白川陝教匪聞將殲淨休牽猿鶴顧刀環北堂到處堪迎養南楚需才不放閒愧我東風還毷氉年年空憶鷺鴛班

宦海風和鳥隼恬良才操製喜重占蒲鞭可責休

嫌薄塵甑雖貧莫變廉春櫂乍鳴江水濶舊題遥
數嶽峰尖憑君努力酬知已謂姜制軍吾輩潛夫未盡
潛

寄給諫陳觀樓

别後恩除報速郵仙班清要復相求棘槐秋日叅
新政桃李春風憶舊遊退食每遲青瑣夕卜居應
住白楊頭年來饑溺憂 賢主珍重佳時諫草修
東臺開廠掖門陰鸞鷟依然杖屨尋今古商量時
事熟詩書陶冶性靈深年增倍著加餐力任重彌
堅報 國心鵬翼垂天能九萬榆枋誰念倦飛禽

題顔祇園小照

頂露偶儕草聖扇持備障元規方寸久忘城府栖
栖冠蓋奚爲

哭妹丈林耀公

義望如梭不爲留人身徒切電泡憂投魚放鳥眞
同了一錯誰重鑄六州
山城遊屐紀臨滁回想風裁卅載餘江渚別歸雲
水渺鴈行惟望一傳書
年來麤喜遂初衣重訪山齋見面稀忽似杜陵哀
有妹良人早歿淚交飛

樓上烏烏暮角聲諸孤藐藐疚嬛嬛上林耀公家村名
舊有三珠樹一夕悲生望古情

擊賊有序

壬戌秋奸民嘯聚博羅羊屎坑負險刼掠左翼黃總戎標親領勁卒殲之蠢賊訌蔓羅浮山寺幾滿復禽捕無噍類一時稱快憶乾隆壬申增城藍菌山寇不靖旋平杭葦浦師作擊賊詩載嶺南集今擬一首以紀其事

氛妖蠢爾動江皐請劍宵旰煩汗馬勞癰潰多因嘗

諱疾羊亾應悔未修牢桃蟲爲鳥拚飛落鐵甲連山斥堠高好借佛光銷彗孛菩提花雨洗腥臊

摩星嶺 得棱字

磴道連雲碧萬層巍峩特立迴無朋璣衡旋轉盤梯路杓斗光芒作石棱側耳空中雞犬近舉頭天外攫猱升若教子美登吟到眞與樵兒弄玉繩

流花橋 得香字

綺閣搴簾曉日旁石梁流水想宮粧蔫紅亂颭瀠洄色淺白斜飛瀲灩香珠佩金釵遺畎陌畫橋繡柱變滄桑獨憐霸業如川逝誰指餘波話故王

滴水巖 得清字

選勝危龕坐午晴，瀸瀸飛落在山清。塵容俗狀誰留迹，一滴千年自紀名。玉液遠滋蒲葉長，雨花高灑鶴雛驚。攀蘿更訪懸鐘石，真覺鏗然有和聲。

呼鸞道 得紅字

輦路蒼茫認故宮，五羊城北漢臺東。栽花泠落飢烟斷，疊石高低碧蘚通。崗上不來歌舞散，灣頭誰去荔枝空。秋歸楓樹山坳出，猶似龍旂扈駕紅。

七十遣興

反日無戈歲久耽，一身羈寄五羊南。倦遊司馬何

寥廓老懶稽康信不堪步窘獵心同病犬眠難甘
夢似鷺鷥所希榮叟分隣好（謂李叢谷孝廉今望九矣）帶索鳴
琴樂有三

松鶴絕句

翠蓋龍文蔭法臺連枝結子自徂徠取材落實松
交語須念先人手上栽
戎伏由來畏履機物情無那少知非餘糧足養冲
霄翮肯逐飢烏競攫肥

題劉翼雲竹徑行吟圖冊

鍾山遊路塵芳躅高隱誰堪稱拔俗中流一壺見

此翁濃陰時染生衣綠
千條碧玉影修修相伴陶然頌酒劉綏步日尋長
短句不知林外幾春秋
從化徐春樹明府挽詞十首兼送令嗣沅扶
匶回吳
龍潭山名雲暗鳥啁啾鳥影西飛士庶愁匠石廢斤
千古恨斷腸回憶洞庭秋
松陵詞賦邁人間伯仲璠璵貴莫攀一自牵絲遊
五嶺胸襟兼得助名山
繡衣粉署重琳瑯譽問煩 君丙夜長臬府詩筆多公校定

藝苑雌黃加熨貼一時吏治本文章

蓑城表草役高興蜑雨連綿海氣蒸有命告勞原不敢求應二豎輒相乘公勘電白城垣回郎生寒熱之疾

搜羅藥裹摯詩筒客館牀頭話轉濃不道山城初捧檄祇悉身後記遺封

功名正喜副前期乙巳南歸路出笠澤公送余於三里橋舟次有願官嶺南之約歲晏華予望故知燕寢清香凝不久平原歎逝未爲悲

壽石丹泉俱邑治古蹟兩不靈星星漸掩鬢邊青如何旅食京華日十八風霜也慣經公嘗言待試京邸十八年備歷艱苦

崢嶸丹旐拂旌旄橫浦東迤疊浪高歸櫂定從江浦過願憑神力奠金鼇（浦口城工余承脩保固限期未滿故及）

佳兒匍匐穗城西叔向寧無念汝齊天上石麟欣有種與君同聽子規啼

長橋到日柳毿毿星舍星行禮數語從此父書加意讀積風扶翼待圖南

七十南英弟寄詩依韻酬荅

駐年還白古今稀與汝優游玩晚暉丸藥未能師桂父結茅仍舊住王微少陳劍說原非策老擁書城得所依擬向毘邪叅四諦摩尼何日許同歸

題隱居壁

栖山飲谷久銷聲衒寶藏身百不成意拙作醫慙郭玉力慵稽古謝桓榮漁樵有局均天地木鴈無心問死生滿院桃花開又落不知秦漢幾紛更

題蘇耘村內人遺像二絶有序

耘村先生編翰京邸距余治鼓城七百餘里癸卯春屬給諫陳琬同比部甄春圃作伐專伻詣署選四兒夢恩爲聟是秋余役烟郊路出都門耘村設食歡甚冬月耘村內人卒於邸第迄今二十一年陳甄諸公

皆物故四兒媳夭關無祿余亦漏盡鐘鳴
時抱壹鬱茲耘村七男光聘奉其母遺像
屬贊於余感成二絕

十載京華滯翠鈿詞頭相伴擘宮牋左家嬪御劉
家妹一例才名軼古賢
人世輕塵弱草栖莫分生死與雲泥上林猶有三
珠樹依舊鵷雛續續啼

望晴

閉戶逃禪百感侵天根不見雨沉沉三春有月皆
離畢太歲何年復守心兒女食單將絕粒南東秧

畝少成針脩仁已逝空懷古祈霽高文底處尋

甲子上巳中翰潘穀堂祓禊招飲時屬季姪游泮大姪赴北闈與成七律二章呈穀堂兼柬令弟容谷

西園脩禊勝山陰鷗鷺盟寒許重尋地迴不須山嶺峻曲高饒有管絃音是日劇演訪索彈詞俱佳裙湔桃水拖雲屐才本薇垣吐錦心愧我倦遊忝末座欲將繭紙續前吟

河陽家勢本崢嶸彩筆除新花更生奪錦預高南北望投驍先醉弟兄情敢拚戸小飛三雅竊幸心

長話六更得足樂時須足樂噉名從古是虛聲

午起信筆

介鳥無朋若可哀穀南魯北不同臺忍飢避霧非期福緣木求魚有後災一枕朦朧新夢醒數聲剝啄故人來胡盧共笑黃頭漢未識銅山是禍胎

欽鴀行

鳳凰飛羽爲儀邕邕喈喈鳴西岐天心亭毒不可測鳳凰苗裔有欽鴀攫喙老鳳骨與髓鷙鷔阿閣巢傾欹鍾山嶇崕托爾足祖江赤岓濯爾衣秋風變化貴之爲鵰鶚腐鼠追逐賤之同鴞鴟饕餮性

所賦淟涊甘嘲訊鳳凰在天飛不歸諸雛泣血啼
漣洏欽鵶何不類如此不見弇州以刺貪婪誤國
嚴分宜

鶺鴒歌

鶺鴒汎江水相遇鷗與鶴鷗鶴各成羣鶺鴒毛羽
薄自從急難飛東西路途惡弋人弓繳多煙雨菰
蔣落飲啄動危機睇眄增駭愕鷗閒野趣深鶴靜
黃雲抔憐爾在原心流名本華萼鷗鶴高風出衆
禽鶺鴒題彼猶凡雀夙興夜寐人不知獨自飛鳴
獨自悲比隣鷺鴨長爲侶秋風塘淀怨歸遲寄語

鶺鴒兄及弟臨風努力賡棠棣羽毛終有豐滿時
勿使鷗鶴擅勝勢

甲子八月念五紀事

人生如浮雲興滅在奄忽誰識造化心洞撿生死
律息邵金玉躬嬛嬛元瑜室染痾未半旬咳唾血
外溢或云病有根乃兄曾此疾今世無越人傍徨
治誰乞邵請延前醫循名可責實急力舉之來大
言肆摭迷雖非三折肱千慮望得一豈知朝菌姿
更遭蕭斧伐血復如湧泉氣奔口鼻出睡中驚我
起如井汲無繘狂瀾勢難迴須臾命就畢衆語咎

庸諛亦非公道筆元冥因水死棄稷以山卒司命遣童子有召焉逃逸傷心我兒息今朝非昨日老母更罹憂桑榆少親暱相對共酸辛淚珠行汨汨

九日懷弟南英

不見籬邊送酒來憑欄獨酌對花開茱萸遍插年年少鴻雁分飛處處哀杜甫緘書雖可達子由風雨幾時回飢軀知負相思苦爭奈逢秋白髮催

冬夜感懷

豈為氷霜性便移窮年休負古人期梗陽賄尚銷三歎昌邑金何犯四知桃種元都抽葉早蜂鑽故

紙出頭遲生天成佛由來定莫遺貽嘲謝客兒

哭鍾英弟

雪涙龍鐘袖不乾別來鶴馭想麤安是非本自人心有論定何須待盍棺

廉吏家規未失眞翟門交態總傷神乃翁若問今時事爲道田花少讓人

鄭璞荆雞世眼迷嗷名休恨數難齊千秋下第劉司戶終有招魂李玉溪

競爽哀宗望子旗愬然長別不勝悲漫云南北離羣慣蒿里茫茫無見期

壽鄧孺人

虎旂芝蓋集仙班王母氷桃會此間萊彩舞翻雕
玉佩盧眉繡暎凍梨顏閒梳白髮調新鶴迴數紅
塵話故山自是樵峰烟景好笑留紫電不知還
歌翻新曲酒新篘日照流黃瑞氣浮南燭草鮮分
駐影北堂萱暖共忘憂山呼嵩室無窮歲水淺蓬
瀛第幾秋　聖世延洪宏壽宇麻姑瓜棗薦壺頭

乙丑上巳粤秀山長魚山先生招同李函谷太學葉文園郡伯劉薌谷鄭曉園雨廣文吳鴈山孝廉黃子實明經暨諸郎修禊珠江訪海幢澄波上人回舟阻風作詩三首見示即用原韻奉畣

閒居無分登禊堂每逢令序心先傷去年西園追勝踐甲子上巳中翰潘毅堂修禊文昌宮招飲今年已附無何鄉忽聞折簡遠相訊嘉會崢嶸難意量溯從淼淼桃水隔臨涯放櫂烟蒼茫葉文園謂沿流祓濯不如操舟迎之艤舟賓從淸而紆芒鞵蹩躠尋僧廬開士五峯

秀眞骨謂方丈澄公戒嚴酒食輕屠沽龐蘊一口吸
西江佛法未敢銜師儒量才喜見持玉尺袚除
尤勝執金吾
佳遊豈肯拏船迴盥濯江心殊快哉無端風伯
壓浪石膠舟處名三浪石千帆側伴紛轤輻老夫見慣
堅客坐爭奈日落催停杯何當洗盞接芳躅如
韓安國然死灰

原唱　　馮敏昌

春光一去何堂堂少年未覺長年傷試招同人
舉禊事先惜老輩偏還鄉謂陳大令榕溪適以是日還里人情

匆遽但從簡天氣沉陰難可量近郭淸湍何處覓登船惟見水茫茫（是日原擬登玉山後出遊東郊以無佳林水故出珠江爾）

一棹橫江初不紆更尋菩徑拂精廬澄師風味遠公似淸酒欲因陶令沽（海幢方丈澄波師欲爲買酒以留諸佳客余力辭之）力斷藤葛尚聞古扶持戒條何謝儒皁波泛泛本從臾豸角觥觥誠畏吾（時臬使小峴秦公有寺飲之戒）

江頭盥濯方船迴式飲登筵亦庶哉日暮橫風忽驟起舟尾幾爲巃所轠（中江舟遇砥石簸盪久之殊有險意）船人喧呼小舟集賓從星散餘殘樽我亦登陸絕

馳去城門僅入顏如灰

中堂劉石菴先生挽詞

望斷齊州九點烟三台星隕泣朝賢師資父子經重世依戀輪蹄近廿年息櫂晚淮燈火夜（秦淮遊人侈靡先生守郡以澹薄止之）蒸梨薄飯芰荷天雲泥交態成千古回首金陵一愴然

螟蝝山嘴蠕蠕動（余初任江浦和州紅山嘴蝗起）嚴檄提撕捕治忙下吏未能師卓魯上官端賴有龔黃臨淮轍臥終趨命（先生遷豫章觀察挽留塞路）燕寢清凝尚帶香今日仙蹤都不朽龍蟠山峙大江長

非關陽羨買田來叶 玉尺教量天下齊珊網已搜
江上下劍光還辨浙東西庚子南巡先生迎鑾即隨駕閣一路進冊
節樓荆楚新恩寵南巡差畢即撫楚南畫冊琳瑯舊品題老
馬白今甘伏櫪孝陵松下憶長嘶
兩朝開濟侍軒堯松栢驚聞竟後凋氷雪清操中
外少絲綸遺愛士民饒玉埋泰岱愁無那歲匪龍
蛇刦莫消求米受金前史陋易名南董茂芳標
書
苞符秘啟古今新糟粕休嘲老斲輪卌載問津仍
故我幾時捨筏得傳人署門肯立崔儦志餘日寧

幸董遇身炳燭晚光聊自娛似蠧誰笑鼠嚙頻

劍

貧餘緱蒯久相依三尺雄心與世違淬厲鷿鵜因鍔歛相辭薛燭貴知希恩仇自古由兒女生殺從來少是非太息屬鏤傷伍相夜深龍吼一聲微

書孟郊詩後

天地有清氣激音成商宮上以鼓休明下以攄寒窮韓門高弟子東野千人雄牽絲尉溧陽金瀨寄吟蹤奪俸誠所甘冥搜百慮空如何煮彭蚏創語出坡公苦句餘詩騷謂等寒號蟲人生貴適意天

籟隨清風觸理發性情汲古羞雷同吹萬無定聲千秋子野聰

簷前雀

簷前雀簷前雀雌雄交頸將雛樂朝朝飲啄下堂前主人馴擾防捎罥周宣牧正憶粱鶩麟鳳來游頗相若倉廩雖非狠戾時鷦鷯幾粒差堪託罷官無雉誇依桑也免鷹鸇肆吞搏主人愛雀常相依豈知雀誶主人薄朱門餘啄千里來肉食東家盈燕鵲君今門外可張羅門內百呼無一諾詩書麴蘖不療饑爪牙我可勝姑惡不如穿屋連羣去反

舌啁啾行白攫雀兮雀兮奈爾何國狗瘈噬本來
多

贈友

鉢袋支節退院僧楞材妙用在無能千篇日汲心
頭井（賈島詩一日不作詩心源如廢井）一穗時傳佛後燈細雨春
花看四照空山秋月說三乘封侯骨相渾閑事爲
問黃粱熟未曾

香順海寇不靖聞御史吳榮光入　告

鼓篋汾江十載前龍飛三歲聽臚傳詩書報稱知
無地桑梓艱難喜達天五夜屏營思儼若九重喉

舌分應然從今魚水周民隱底用昌黎論諍篇

乙丑除夕懷粵秀院長馮魚山

又是青陽逼歲天舊遊新興倍纏綿龍門多士親元禮虎觀高文祭浪仙赴壑蛇餘將盡夜分光壁照望經年（匊芳園詩箋乞魚山訂補）陰何頗學心徒用御止賢闕摠惘然

和韻　馮敏昌

陰雨連朝悵夢天重衿擁處戀吳綿（時連日陰雨甚有寒意故云）殘冬已去仍如客佳句傳來好似仙青眼幾人同話舊白頭相見又新年細流不擇覘君

疊君以所注匑芳圖詩屬余補注余以冗未暇茲來詩又見及故並云大耋堪徵

詎偶然

丙寅元旦用社友韻作一首

蓬鬢慵梳衣不船椒盤佳氣又占年山川面目還

蒼翠八世波瀾愈變遷謀食每驚陵是谷代耕須

信紙爲田鞾霜待漏今朝事爭似蠻藤一醉眠

哭馮魚山

傳柑節尚共啣杯仙府俄驚鶴駕催一代文章留

館閣百年世事泣瓊瑰正欣著述讎魚魯匑芳圖詩馮公

已箋數事不道工師罷剪裁問字劉蓀腸欲斷無因載

酒得重來
漠漠重城講院遙喪朋春恨苦難消論年馬齒慚
加長向日蘭芽怪早凋兒女不乾風木淚李桃無
望雨花澆玉山遊屐珠江櫂摠入靈床哭奠椒

上巳感懷

去年脩禊佛階登勝友如雲訪老能北海清尊仍
酒醴西州華屋竟邱陵最憐人往詩留壁誰惜名
題字署氷今日攬春非昔日椰旗桃蕚斷扶藤

徐小山病春訊一首

示疾維摩疾未深似君結習豈能侵一身共許如

松栢五嶽還朋續向禽坡老有云安是藥（蘇軾詩有病安心是藥方）瘦生無事苦耽吟他時蠟屐經居巷白晝敲門載酒尋

憶亡書 有引

丙寅三月奉先大夫匱藏于三水大教岡原燎不戒胠篋被焚日知記七本同燬喜匱無恙作憶亡書六絕紀其事

才劣年深閟剡藤相携南北在擔簦無端陸渾遺餘燎頓使司空悵失朋

窮愁著述類孫卿辱不顰眉寵不驚一夕嫏嬛返

天上雙魚何處達書城

三篋不忘張子孺五行默寫陸家倕嗟予記事無
珠顆辜負工夫一世畢

猶如摘埴索荒塗下學中流亦一壺今日相知不
相見鏡花水月總模糊

人生難是事親終敢執青囊定士龍獨行己嗟慙
蔡順鬱攸差幸不相從

五百年間附封灰摩挲銅狄有重來碎金豈敢誇
安石黃孀還思味轉回 時著後日知記

過鍾而齋故居

二十年前此院遊荔奴楚楚竹修修今來忽換當
時主地白塘空水自流

醉秋亭子化風煙腳踏橋頭思黯然山鳥號寒寒
且過勞生堪笑復堪憐

棉園 有序

羊城西邱氏園亭甲於郡會有木棉亦號
棉園杭堇浦雨過邱崑蘭雪堂即此見嶺
南集當其盛也開社徵詩有八景今廢不
勝滄桑儵忽之歎

蘭雪堂空野屋圍舊時風景近全非月臺花塢行

人路粉閣香房估客機曲巷游蜂粘網重危橋秋露上苔肥可憐避社將歸燕猶繞前梁故故飛

和徐小山對月見懷元韻

開緘鋪几麥光明孤負秋蟾景色清小戶未堪居酒國大言空自守書城夙欽三物壎篪愛更拜雙魚綺素情刺促餘生雖氈毺木瓜猶得報同聲

敝裘

豈是黎臣靡與同敝裘何事歎蒙戎人心不合分新故驢背曾經共雪風霧肘自堅原憲節綈袍誰道范雎窮解衣衣我休輕受千古淮陰誤沛公

人世炎涼不自由懸鶉誰解北門憂馬卿還蜀酤
難典蘇子歸秦織未休巧宦久嘲貂尾續豪家猶
向雉頭謀腐儒敢具吹求見也當披簑理釣鉤

答河間協鎮舒和達行卽用元韻

雪爪同游地前因卽後因已知爲吏苦休道在家
貧檽淺能邀月林深可絕塵高風推勇退君外更
無人

原唱　　舒和

宦遊剛六載一病悟緣因雲水有眞趣詩書守
舊貧才慙荀首將學步子皮塵歸之瓊瑤贈淸

風共故人

書南史梁紀後二絶

當局難容一着差金甌誰許屬侯家羯磨不救恒
沙刦權盡金枝萬朶花

白虹貫日挂天腰江左功勲見晛消惟有梁臺辭
賦在選樓縹緲話南朝

和舒達行二首 有引

舒和字達行丙寅由保陽協鎮自免歸粤
作詩七言二章余於靳友人所申誦反復
愛其遒雅輕倩次韻奉柬

端策何勞再卜居非農非賈亦非漁久安甑破窮
難送爭奈書淫病莫除四海似歸天外鳥一身如
磨室中驢封侯拜衮浮雲事誰道虞生骨節踈
臨風晞髮歎鬙鬙牛馬從呼任愛憎量減偏耽頻
中酒年增雖健漸思藤花邊馴養啣書鶴月下閒
尋說偈僧堪笑老瞞遺令拙笙歌誰與望西陵

原唱　　舒和

孤寂從誰賦索居新知結得有樵漁閒愁似草
刪難盡客氣如塵掃未除已拚行藏同畫虎何
妨身世笑黔驢近來處處看秋葉一次相逢一

次踈

夕陽對影嘆鬅鬙漫向風前問愛憎貧甚未甘捐故劍衰成纔覺仗枯藤哦詩偶敗催租吏求友唯尋退院僧回首故人千萬里音書猶夢寄西陵

顏惺甫夫子傅竹漪同盟丙寅別余于易水近聞各赴新疆南河矣

秋暮感舊次舒達行韻

風高雲捲碧無邊北漠南滇共一天少日啣名同塞馬老來驅石少秦鞭相知聚散塵中夢野處平安世外仙回數舊遊幾甸遠千門寒鎖霧淞連

十年竊吹入竿塲燕趙悲歌尚未忘考下每慙陽

子拙飲多深慮次公狂一州華塔千層月匹馬滹沱兩岸霜今日已成遼豕白不堪重問舊馮唐

哭潘妹丈斌元

曾憶京華聚首時而翁宦薄迫歸期儆車鼓國仍過我泣別安仁鬢已絲

辛勤取責浙西行爭奈鹽官負友生瀟堂先生出責塲大使陳某遺斌元赴浙討償鬱鬱自今從此逝九原空叫樹頭鶯

一卷桐君錄義深君臣草木少知音投魚放鳥眞同了更與何人共酌斟

入世榮枯聽所遭少陵有妹奈心忉爲君再譜離

鬱曲不擬揚雄作反騷

賦得鵲始巢

靈鵲知時節高巢應候成啣柴勞結構避歲費經營豈憚羣鳩逼欣聽衆鷇聲 聖朝仁及物窺援兩忘情

碧霞書屋詩鈔卷一終